용과 중국인
그리고
실크로드

**지은이**

**홍윤희**洪允姬 Hong, Yoonhee 연세대학교 중어중문학과를 졸업하고 동대학원에서 「중국 근대 신화담론 형성 연구」로 박사학위를 취득했다. 중국신화의 현대적 의의, 전통문화의 교류 등에 관심을 가지고 있다. 고려대학교 학술연구교수, 민족문화연구원 HK연구교수 등을 거쳐 현재 연세대 중문과 교수로 재직 중이다. 『신화의 이미지』, 『중국신화사』(공역), 『신화 이론화하기』(공역), 『복희고』 등을 번역했으며, 「신화를 생산하는 신화학자—교량으로서 袁珂의 『山海經』 연구」, 「聞一多 『伏羲考』의 話行과 항전기 신화담론의 민족표상」 등의 논문과 『이야기가 있는 중국문화 기행』(공저), 『동아시아의 근대, 그 중심과 주변』(공저) 등을 썼다.

문화동역학라이브러리 09
## 용과 중국인 그리고 실크로드

**초판발행** 2013년 5월 25일  **초판2쇄발행** 2014년 7월 15일
**지은이** 홍윤희 **펴낸이** 박성모 **펴낸곳** 소명출판 **출판등록** 제13-522호
**주소** 서울시 서초구 서초중앙로6길 15(란빌딩 1층)
**전화** 02-585-7840 **팩스** 02-585-7848 **전자우편** somyong@korea.com **홈페이지** www.somyong.co.kr

**값** 15,000원 ⓒ 홍윤희, 2013
ISBN 978-89-5626-858-3 94820
ISBN 978-89-5626-851-4 (세트)

이 책은 2007년 정부(교육과학기술부)의 재원으로 한국연구재단의 지원을 받아 수행된 연구임(NRF-2007-361-AL0013).

호남성 장사 마왕퇴 한묘에서 출토된 T형 비단그림

상, 지상, 지하세계가 한 폭에 담겨 있는 이 그림에서 용은 천상세계에도, 지상세계와 지하세계에 걸쳐서도 그려져 있다.
림 속에 자신들의 우주관과 신화관을 그림으로 장식했던 고대 중국인들에게 용은 이렇게 이승과 저승을 잇고, 삼계를 잇
신성한 존재로 인식되었음을 알 수 있다.

동족 마을 고루鼓樓에 장식된 용

동족 마을 고루 안에 모셔져 있는 용

궁정화가 낭세녕郎世寧이 그린 〈청고종건륭제조복상淸高宗乾隆帝朝服像〉
용포의 가슴, 팔, 옷자락에도 온통 용 무늬이며 자세히 보면 모두 발톱이 다
섯 개인 오조룡이다. 용상의 팔걸이와 등받이도 용 문양으로 장식했고, 발
받침대에도 역시 서로 마주 보고 있는 용 무늬가 새겨져 있다.

귀주성貴州省 안순문묘安順文廟 대성문 앞 기둥에 장식된 용. 발톱이 네 개인 사조룡이다. 황제가 오조룡이라면 제후는
보다 낮은 사조룡을 쓸 수 있었는데, 공자孔子는 제후와 같은 급으로 받들어졌기 때문에 사조룡 문양을 쓸 수 있었다. 대
서 문묘에 장식된 용은 사조룡이다.

〈용들이 서리고 있는 무늬를 조각한 북 받침대(透雕蟠龍鼓座)〉, 춘추 말기(기원전 6세기 전반～기원전 476년)
상해박물관 소장

투루판 아스타나 고분군에서 발견된 〈복희여와도〉
신강위구르자치구박물관 소장

〈제우스와 티폰의 싸움〉
기원전 540~530년경의 것으로 추정되며, 칼키디키 반도에서 출토된 히드리아(물항아리)이다.
제우스가 티폰에게 번개를 던지고 있다. 티폰은 상반신은 사람, 하반신은 뱀의 모습으로 표현되었다.

〈성 게오르기우스와 용〉귀스타브 모로(1826~1898) 그림

고려대학교 민족문화연구원
**문화동역학 라이브러리 09**

# 용과 중국인
## 그리고
# 실크로드

*Dragons, Chinese People and the Silk Road*

홍윤희

**문화동역학 라이브러리** 문화는 복합적이고 역동적인 구성물이다. 한국 문화는 안팎의 다양한 갈래와 요소가 상호작용하는 과정을 통해 끊임없이 변화해왔고, 변화해 갈 것이다. 고려대학교 민족문화연구원이 주관하는 이 총서는 한국과 그 주변 문화의 복합적이고 역동적인 양상을 추적하고, 이를 통해 한국 문화는 물론 인류 문화에 대한 새로운 통찰과 그 다양성의 증진에 기여하고자 한다. 문화동역학(Cultural Dynamics)이란 이러한 도정을 이끌어 가는 우리의 방법론적인 표어이다.

## 일러두기

1. 책명은 『 』, 편명과 글명은 「 」으로 표시하고, 노래명이나 기타 작품명은 〈 〉으로 표시하였다.
2. 고유명사나 주요 개념어의 한자나 영문은 각 장에서 처음 나올 경우에 밝히는 것을 원칙으로 하되, 문맥상 필요한 곳은 더 표시하였다.
3. 한자가 한글독음과 일치하는 경우 병기, 불일치하는 경우 ( )로 표시하였다. 단 인명은 병기로 표시하였다.
4. 인명은 해당 인물의 주요 활동 시기가 20세기 이후인 경우 중국어음으로, 이전인 경우 한자음으로 표기하였다.
5. 지역명은 한자음으로 표기하였다.
6. 중국어 한글 표기법은 국립국어원의 외래어표기법을 따랐다.

## 책머리에

용은 어떤 존재일까? 고막이 찢어질 듯한 소리를 지르며 입으로 불을 뿜고 어둠 속에서 마왕의 보물을 지키는 괴물일까? 물속을 헤엄치다가 순식간에 하늘로 솟구쳐 구름 위로 올라 마른 땅에 비를 내려주는 신령님일까? 아니면 저 깊은 물속 용궁에서 온갖 물고기들의 시중을 받는 용왕님일까? 우리가 용에 대해 떠올릴 수 있는 이미지는 매우 다양하다. 그 성격, 능력, 서식지, 역할 등에 있어서 용은 저마다 다른 면모를 보이며 세계 각지에서 그 다채로움을 드러낸다.

그런데 대체로 동양의 용은 길상의 상징이고 서양의 용은 악의 화신이나 퇴치되어야 할 괴물로 간주되곤 한다. 특히 중국에서 용은 가장 신성하고 귀한 신수神獸로 받들어지며, 중국인들은 모두 스스로를 용의 후예로 자처한다. 그런데 이것은 단지 은유적 수사에서 그치지 않고, 중국학계의 '중화민족 용 토템론'을 도출하기에 이르렀다. 또한 용이라는 상상의 동물은 중국에서 기원했으며, 중국인이 창조한 것이라고 주장한다. 분명 용은 중국을 상징하는 동물이라고 할 수 있고, 용에 대한 중국인들의 애착은 세계 어느 나라 민족보다도 각별하다. 하지만 과연 중화민족은 먼 옛날 용 토템 씨족에서 유래했을까? 이러한 주장은 어떤 맥락에서, 누구에 의해서 생겨난 것일까? 과연 중국의 용은 언제나 상서롭고 복을 가져다주는 존재였을까? 세계 각지의 이야기와 문화 속에 살아 숨 쉬고 있는 각양각색의 용들은 과연 중국에서 기원한 것일까? 이 책은 이런 질문들에서 시작한다.

1장 「용과 중국문화」에서는 전통시기 중국의 용 문화를 다룬다. 신석기시대부터 오늘날에 이르기까지 각종 유물과 문헌기록, 풍습 등을 통해 중국에서 용에 대한 전통적 인식과 다양한 의미를 고찰하고, 그것이 오늘날과 같이 정형화 된 과정을 추적할 것이다.

이어지는 2장 「용과 중국인」에서는 현대 중국에서 용에 대한 담론과 대중문화 속에 드러나는 용에 대한 인식을 살펴본다. 특히 '중화민족 용 토템론'이 생겨나게 된 배경과, 그것이 중국 학계에서 집중 조명되게 된 계기를 짚어 보고, 용이라는 상상의 동물이 민족정신의 정수이자 아이콘으로 정립된 과정을 조명해본다.

마지막으로 3장 「실크로드의 수많은 용들」에서는 중화민족 용 토템론의 단서가 되었던 도상, 〈복희여와도〉를 실크로드라고 하는 더 넓은 좌표에서 펼쳐본다. 이를 위해 우리는 투루판, 돈황, 산동, 길림성 집안을 거쳐 인도, 서아시아, 그리고 유럽 각 지역까지 인수사신상과 교미하는 뱀, 그리고 용의 흔적을 찾아 여행할 것이다. 그리고 이 여행의 끝에서 우리는 위에서 던진 질문들에 대한 답을 찾거나, 혹은 질문 자체를 달리해야 함을 깨닫게 될 것이다.

책을 쓰는 동안 수많은 용들을 만났다. 사납고 무시무시한 용, 탐욕스러운 용, 웅장한 자태를 뽐내는 용, 사람을 꾀어 죽음으로 몰고 가는 용, 사람의 손에 놀아나는 용, 태초의 혼돈 그 자체인 용, 불을 토하며 비참한 최후를 맞는 용, 꿈인 듯 사라지는 용…….

만나면 만날수록, 이야기를 들으면 들을수록, 용에 대해 잘 모르겠다는 생각이 들었다. 그런데 이 말은 인간의 상상력, 인간의 문화에 대해서 가면 갈수록 모르는 것이 많아진다는 뜻이기도 하다. 나는 그것이 참 다행스럽다. 수천수만의 용, 인간의 상상력 그 경이 앞에서 용에 대해 단정 짓고, 동양의 용과 서양의 용을 양분하고, 하나의 기원을 말한다는 것은 얼마나 오만한 일인가! 잡으려 하면 할수록 용은 자유자재로 우리의 손가락 사이를 빠져나갈 것이다.

부족함이 많은 책인 줄 알면서도 한 걸음 내딛는다. 앞으로 걸어 갈 길이 천리이다. 감사하고 싶은 분들을 늘어놓기에는 아직 이르지 싶다. 그래도 지금 꼭 감사드려야 할 두 분이 있다. 딸이 원고를 쓰는 동안 조금이라도 아픈 기색이 보이면, 속상한 마음을 숨기지 않고 "아프면 공부가 다 무슨 소용이냐!"며 역정을 내시던 우리 아버지. 덕분에 크게 앓지 않고 원고를 마칠 수 있었다. 그리고 뱀이라면 그림조차 보기 싫어하시는 우리 어머니. 딸이 쓴 원고라고, 편집도 수정도 하지 않은 A4지 초고를 기쁘게 받아들고 읽어주셨다. 덕분에 이 책은 조금 나아질 수 있었다. 늘 내 글의 첫 독자이자 가장 까다로운 독자인 그분께 이 책에 실린 뱀들은 좀 예뻐 보이기를, 그냥 용으로 보이기를!

2013년 5월 7일
홍윤희

# 1장 | 용과 중국문화 |

## 1. 중국의 용 숭배 – 신석기 시대부터 오늘날까지

'한국을 상징하는 동물'이라고 할 때 우리는 보통 호랑이를 떠올린다. 그럼 '중국을 상징하는 동물'이라고 할 때 떠오르는 동물은 무엇인가? 아마 용일 것이다. 용은 보통 중국을 상징하는 동물로, '용'이라는 단어는 중국을 비유하는 말로 인식되곤 한다. 예컨대 오늘날 빠른 성장을 보이며 세계의 2대 강국으로 떠오른 중국을 가리켜 사람들은 "용의 귀환"이라거나 '깨어나는 용'이라는 표현을 즐겨 쓴다.[1] 중국인들도 스스로를 '용의 후예(龍的傳人)'라고 부른다. 중국어로는 '룽더촨런(龍的傳人)'이라고 하는데, 본토에 살고 있는 중국인들뿐만 아니라 세계 각지에

---

[1] 서구인이 중국을 용으로 비유한 것은 그 유래가 꽤 깊은 듯하다. 예컨대 나폴레옹이 "중국의 용을 자게 놔두어라. 깨어나면 세계를 깜짝 놀라게 할 것이니"라고 말한 것은 상당히 유명한 사실이다. Hugh Davies, "China Today, The Waking Dragon", *Asian Affairs*, vol. XXXIX, no. 1, 2008. p.1.

흩어져 있는 화교들 역시 스스로의 뿌리를 강조하고자 할 때 이 '룽더 촨런'이라는 표현을 사용한다. '용의 나라'라는 말은 이제 중국과 동의 어가 되었다고 해도 과언이 아니며, '용의 후예'라는 말은 '염황의 자손 (炎黃子孫)'이라는 말과 마찬가지로 중국인의 민족적 뿌리를 나타내는 말이 되었다. 중국 최대의 명절인 춘절春節(음력설)이 되면 TV쇼에서는 인기가수 왕리훙王力宏이 나와 노래 〈용의 후예(龍的傳人)〉를 부른다. "우리는 모두 용의 후예라네"라고 하는 그 노랫말은 아마 한국의 "오, 필승 코리아"라는 노랫말 보다 몇 배는 더 자주 울려 퍼졌을 것이다. 심지어 오늘날 중국의 많은 학자들은 용이 먼 옛날 중화민족의 토템이었고, 따라서 중화민족은 용 토템민족이라고 주장한다. 게다가 이런 내용은 중국 소학교 교과서에까지 수록되어 있다.

중국에서 용이 숭배의 대상이 된 것은 그 유래가 매우 깊다. 그 대표적인 예는 '중화제일룡中華第一龍'이라고 불리는 하남성河南省 복양현僕陽 縣 서수파西水坡의 앙소문화仰韶文化 유적지에서 발견된 조개껍질로 만든 용으로, 신석기시대의 유물에 해당한다. 1987년에 하남성 복양시는 공업용수와 생활용수를 해결하기 위해 복양현 서남쪽에서 수리공사를 하였는데, 그 과정에서 초기 앙소문화 유적을 발견한 것이다. 유적지의 남쪽에는 오대五代 후량後梁시기에 지어진 옛 성벽 터가 있었는데, 이곳을 발굴하던 중 앙소문화 제4층의 아래에 있는 무덤 터에서 〈그림 1〉과 같이 형체가 완전하게 남아 있는 인골과 함께 조개껍질을 모아 만든 동물의 도안이 나왔다.

묘실의 가운데에 키가 184cm인 장신의 남자 인골이 누워 있고, 그 양 옆에 조개껍질을 모아 만든 용과 호랑이가 시신의 발치로 머리를

〈그림 1〉 복양현僕陽縣 서수파西水坡에서 발견된 '중화제일룡'

향하며 누워 있다. 용은 길이가 178cm, 키는 67cm이고, 호랑이는 길이가 139cm, 키는 63cm이다. 용은 머리를 약간 들고 몸은 구불구불하며 앞뒤에 발이 달리고 긴 꼬리가 달렸다. 호랑이는 머리를 약간 낮추고 입을 벌려 이빨을 드러내고 있으며 꼬리는 아래로 향하고 걷는 모양이다. 죽은 자의 양 옆에 이렇게 정성스레 용과 호랑이 문양을 장식해 둔 것을 보면 그 당시 장례문화에서 용과 호랑이는 중요한 동물 상징이었으며, 용과 호랑이에 대한 종교적 관념은 신석기시대부터 비롯되었다는 것을 알 수 있다. 그리고 이것은 후대의 사방신 관념, 즉 '동 청룡, 서 백호, 남 주작, 북 현무' 중 동쪽과 서쪽을 관장하는 용과 호랑이에 대한 신앙과 관계가 있으리라고 추측할 수 있다.

마침 이 발굴이 있고 이듬해인 1988년은 무진년戊辰年 '용의 해'였다. 이 발굴에 대한 기사는 용의 해에 맞춰 1988년『중원문물中原文物』제1 기에 실렸고, 이후 이 조개껍질 용은 중국학계와 사회는 물론, 세계적 인 주목을 받게 된다. 고고학자들은 이 용을 '중화제일룡'이라고 부르 며, 이것이 중화민족 토템문화가 6천 년의 역사를 가지고 있다는 증거 이자 중화민족이 용의 자손임을 보여주는 증거라고 하였다. 심지어 일 각에서는 이 고고학적 발견이 중국의 시조인 황제黃帝가 용을 타고 승 천했다는 전설의 역사적 증거라는 견해까지 등장하였다.『열선전列仙 傳』「황제黃帝」조에 나오는 황제의 승천 이야기는 아래와 같다.

황제는 수산의 동을 캐서 형산 아래에서 정(鼎)을 만들었다. 정이 완성되 자 용이 수염을 늘어뜨린 채 내려와 황제를 맞이하였다. 황제가 (용을 타 고) 하늘로 오르자 신하 관료들이 모두 용의 수염을 붙잡고 황제를 따라 올 라가면서 황제의 활을 끌어당겼다. 그러나 용의 수염이 뽑히고 활이 땅에 떨어졌다. 신하들은 따라가지 못하고 황제를 바라보며 슬피 울었다.

黃帝採首山之銅, 鑄鼎於荊山之下. 鼎成, 有龍垂胡髥下迎, 帝乃昇天. 群 臣百僚, 悉持龍髥, 從帝而升, 攀帝弓. 及龍髥拔而弓墜, 群臣不得從, 仰望帝 而悲號.

서수파의 무덤에 남은 인골 한 구와 조개껍질 용과 호랑이가 어떻게 이 드라마틱한 전설의 증거가 될 수 있는지 납득하기 어렵지만, 이러 한 일련의 반응들을 보며 가장 의아한 것은 어째서 용에 대해서만 그 렇게 열렬한 관심을 쏟는가 하는 점이다. 왜 나란히 대칭을 이루고 있는 호랑이에 대해서는 '중화제일호'라는 칭호가 붙지 않은 걸까? 왜 기본적인 '용-호랑이'의 구도에 대한 해석보다, '가장 유서 깊은 용'에만 그렇게 수많은 찬사가 쏟아진 것일까? 사실 이 점은 그리 의아할 것이 없다. 중국인에게 그만큼 용이라는 존재가 민족적 정서를 고양시키는 데 중요한 아이콘이기 때문이다. 하지만 그렇다고 해서 서수파 유적 자체만으로 중화민족 용 토템숭배의 증거로 삼는 학계의 과도한 해석이 정당화되는 것은 아니다.

　어쨌거나 용은 중국문화에서 확실히 큰 비중을 차지하며 중국의 역사와 함께 해왔다. 회화에서 용이 가장 먼저 나타나는 것으로는 호남성湖南省 장사長沙에서 출토된 〈용봉사녀도龍鳳仕女圖〉와 〈인물어룡도人物御龍圖〉가 있다. 〈용봉사녀도〉는 1949년에 진가대산초묘陳家大山楚墓에서 발견되었고, 〈인물어룡도〉는 1973년 자탄고초묘子彈庫楚墓에서 발견되었는데, 둘 다 전국戰國 시기에 그려진 비단그림이다. 〈용봉사녀도〉는 가로×세로 $23.2 \times 31.2$cm, 〈인물어룡도〉는 $28 \times 37.5$cm로 작은 크기의 비단에 주로 세밀한 선을 이용하여 그렸는데, 색이 많이 바래긴 했지만 연한 채색을 했던 흔적도 남아 있다. 〈용봉사녀도〉에는 한 여인이 서 있는 옆모습이 있고 그 위쪽으로 용과 봉황이 그려져 있다. 여인은 이 무덤의 주인으로 추정되는데, 길고 화려한 무늬가 있는 옷을 입었고 허리는 매우 날씬하며 두 손은 합장을 하고 있다. 봉황은 부리를 하늘로 향하며 힘차게 날아오르고 있고, 용도 머리를 하늘로 향하며 날아오르고 있다. 여기에 그려진 용은 육안으로 확인할 때 몸통이 얼룩무늬 뱀과 같고 몸통에 두 개의 다리가 달려 있는 특이한 모습이다. 〈인물어룡도〉에는 의관을 정제하고, 머리에 아관峨冠을 쓰

〈그림 2〉호남성 장사 마왕퇴
한묘에서 출토된 T형 비단그림

고, 허리에 장검까지 차고 있는 점잖게 생긴 한 남성이 고삐를 쥐고 수레를 타듯이 용 위에 올라타고 있는 모습이다. 그의 위로는 천개天蓋도 달려 있다. 용의 꼬리 위쪽에는 날렵한 모습의 학이 한 마리 그려져 있고, 용의 아래쪽으로는 물고기가 그려져 있어 용이 물속과 지상을 오가는 신수神獸임을 암시한다.

기원전 2세기의 것으로 밝혀진 장사 마왕퇴馬王堆 한묘漢墓에서 출토된 유명한 〈T형 비단그림〉(〈그림 2〉)을 보아도 천상세계에, 그리고 지하세계와 지상세계에 걸쳐서 용이 그려져 있다. 무덤 속에 자신들의 우주관과 종교관, 신화관을 담은 그림으로 장식했던 고대 중국인들에게 용은 이렇게 이승과 저승을 잇고, 지하, 지상, 천상 세계를 잇는 신성한 존재였던 것으로 추측할 수 있다.

이후로도 용은 중국의 신화, 전설뿐 아니라 역사기록과 문학작품에 이르기까지 숱하게 등장하였고, 각종 기물들과 건축의 장식, 회화와 공예에서도 가장 사랑받는 테마였다. 용은 십이지十二支 동물 중 하나로 진辰에 해당하며, 사방신四方神 중 동쪽에 해당한다. 용의 해에 태어난 아이는 '용자龍子'라고 부르며, 민간에서는 명절에 용춤을 추고, 단오에는 용주龍舟 경기를 하며, 등절燈節에는 용등龍燈을 밝힌다. 이렇게 용은 중국의 상층문화 뿐 아니라, 민간문화 곳곳에서도 사랑받는 테마였다.

민간에서 용을 숭배해온 전통이 남아 있는 대표적인 예는 하북성河北省 조현趙縣 동쪽 이구梨區 범장진範莊鎭에서 매년 음력 2월 2일 경에 열리는 제사, '용패회龍牌會'이다. 용패회는 범장진 사람들이 용에게 제사를 지내는 마을 제사인데, 이들은 용이 자신들의 조상 중 하나라고 생각한다. 이 제사에는 범장진 사람들뿐만 아니라 인근 마을 사람들 1만여 명이 모여든다. 이 제사는 하나의 축제로서 음력 2월 1일부터 6일까지 계속되며, 의식은 용패 맞이(迎龍牌), 용패 제사(祭龍牌), 용패 보내기(送龍牌)로 나뉜다. 그중 가장 핵심이 되는 것이 2월 2일에 있는 용패 제사인데, 이날은 범장진에 거주하는 모든 가구의 사람들이 '용패' 앞에 와서 제사를 지내고, 주변 마을 사람들도 모두 용패 앞에 와서 향을 올린다. 이 기간 동안 거리에서는 수십 개 마을에서 수백 팀의 민간예술단이 공연을 하며 흥을 돋운다. 용패회에 참가하는 사람들이 대부분 농민들이다보니 자연스레 장도 선다. 사람들은 용패회에서 제사에도 참가하고, 장도 보고, 공연도 보고, 각종 오락 활동에 참여하며 즐거운 시간을 보낸다.

이 제사가 언제부터 시작되었는지는 밝혀지지 않았고 범장진 사람들도 잘 모른다고 한다. 하지만 그 유래는 매우 오래된 것으로 보인다. 이 제사에서 모시는 용패의 주인은 '구룡勾龍'이라고 하는데, 여기에는 '흰 나방으로 변한 구룡(勾龍化白蛾)' 이야기가 얽혀있다. 그 주요 내용은 이렇다.

옛날 옛적 구룡은 음력 2월 2일에 태어났다. 구룡은 원래 먼 옛날 부락의 우두머리였던 공공씨의 아들이었다. 그런데 공공씨가 전욱과의 싸움에서 패하게 되었고, 구룡도 할 수 없이 몸을 피해야 했다. 구룡은 도망치다가 이곳 범장 땅에 이르게 되었는데, 그 당시 범장 땅은 홍수가 덮쳐 사람들이 어려움에 처해 있었다. 구룡은 신통력을 발휘하여 홍수를 물러나게 하고, 홍수로 인해 모래가 뒤덮인 땅을 정리해서 경작지를 만들고, 오곡종자를 심었다. 이렇게 하여 이곳 사람들의 삶은 풍요로워졌다.

하지만 전욱이 구룡의 소문을 들었다. 전욱은 구룡의 세력이 커져 자신이 불리해지기 전에 구룡을 쫓아와 죽이려 했다. 구룡은 자신이 전욱을 당해낼 힘이 없음을 알았고, 이곳 사람들이 자기 때문에 피해를 보게 될까 염려하여 스스로 흰 나방으로 변하여 날아다녔다. 이때부터 범장 마을 사람들 사이에서 '구룡이 흰 나방이 되었다'는 신화가 생겨났다.

이렇게 하여 범장사람들은 구룡을 천지와 사방 팔방을 포함한 십방十方의 주재신으로 받들어 대대로 그의 희생정신을 기리며 추모하였고, 이 구룡신을 제사하는 의식이 점점 변하여 오늘날의 용패회가 되었다고 한다. 이 제사는 문화대혁명 기간에는 중단되었다가 이후 다시 부활하게 되었는데, 1980년대 중국에서 용 문화에 대한 붐이 일면서 현재 더욱 주목을 받게 된 것으로 보이며 일부 학자들은 이 용패회가 조상숭배와 토템숭배의 '살아있는 화석'이라고 말하기도 한다. 확실히 용에 대한 중국인들의 애정은 누구보다 각별하다. 그렇다면 중국에서 용은 어떤 존재인가?

## 2. 용, 그 변화무쌍한 다양체

'중국의 용'이라고 하면 일반적으로 떠올리는 이미지가 있을 것이다. 기다란 몸, 사슴의 뿔, 온 몸을 촘촘하고 단단하게 덮고 있는 비늘, 바람에 휘날리는 갈기, 매와 같은 발톱, 길쭉한 주둥이, 부리부리한 눈,

날개 없이 구불구불 나는 자태, 그리고 입에 물고 있는 여의주까지. 하지만 중국의 용은 하나가 아니며, 다 이러한 모습은 아니다. 일설에 의하면 형태·방위·색깔·암수·성격·발톱 수·만든 재료·그림의 소재·장소 등에 따른 용의 종류와 명칭만 해도 100여 가지에 이른다고 한다.[2] 가장 일반적인 분류로는 『광아廣雅』에서 말한 다음 구절이 있다.

> 비늘이 있는 것은 교룡, 날개가 있는 것은 응룡, 뿔이 있는 것은 규룡, 뿔이 없는 것은 이룡이라 한다.
> 有鱗曰蛟龍, 有翼曰應龍, 有角曰虯龍, 無角曰螭龍.

『광아』가 쓰인 것이 삼국시대 위나라 명제 태화연간(227~232)이니, 그 전부터 용의 개념은 이미 하나가 아니었음을 알 수 있다. 게다가 용의 상징적 의미도 일찍부터 매우 다양했다. 장정해에 따르면 선진先秦 시기 신화 전설에 나타나는 용은 제왕帝王이나 현능자賢能者 등의 인물을 상징하기도 하고, 길흉吉凶의 전조로 나타나기도 하며, 양강陽剛과 변화 또는 자유·탈속·불사 등의 관념적 상징을 의미하기도 했다.[3]

또한 용은 물과의 관련성이 가장 깊지만, 물에만 사는 것도 아니었다. 일반적으로 용은 삼서三栖 동물이라고 하는데 이것은 용이 하늘과 땅과 물을 오가며 사는 동물이라는 뜻이다. 이렇게 변화무쌍한 용의

---

2   정연학, 「용과 중국문화」, 서영대 편, 『용, 그 신화와 문화－세계편』, 민속원, 2002, 48쪽.
3   장정해, 「先秦兩漢의 神話傳說에 나타난 龍의 象徵意味 고찰」, 『中國學硏究』 第9輯, 1994 참고.

성격에 대해서 『설문해자說文解字』11에서는 이렇게 말한다.

> 용은 비늘달린 동물 중 으뜸이다. 숨을 수도 있고 나타날 수도 있으며, 아
> 주 작아지거나 아주 커질 수도 있고, 짧아지거나 길어질 수도 있다. 춘분이
> 되면 하늘로 오르고, 추분이 되면 깊은 못 속으로 들어간다.
> 龍, 鱗蟲之長, 能幽能明, 能細能巨, 能短能長, 春分而登天, 秋分而潛淵.

이렇게 용은 깃드는 곳의 자유로움은 물론이고, 형체에 있어서도 마
술을 부리듯 나타났다 사라졌다, 몸을 늘였다 줄였다 하는 것이 자유
자재인 존재로 묘사되고 있다. 『사기史記』「노자한비열전老子韓非列傳」
에서는 공자가 노자를 만나고 돌아와 노자를 용에 비유하며 이렇게 말
한다.

> 용은 바람과 구름을 타고 하늘로 올라가니 내가 알 수가 없다. 내가 오늘
> 만났던 노자는 마치 용과 같은 인물이로구나!
> 至於龍, 吾不能知其乘風雲而上天. 吾今日見老子, 其猶龍邪!

"바람과 구름을 타고" 하늘로 오르는 신비한 존재. 공자는 노자라는
인물의 오묘함과 그 사유의 권위를 이렇게 용의 신비함에 빗대어 칭송
하였다는 것이다. 용의 그 자유자재함과 변화무쌍함은 확실히 사람들
로 하여금 경외감을 불러일으키는 면이 있다. 『회남자淮南子』「숙진훈
俶眞訓」에서는 다음과 같이 '지극한 도(至道)'를 용에 빗대어 설명한다.

그러므로 지극한 도는 억지로 이루려 함이 없으니, 한 마리 용이나 한 마리 뱀은 자유롭게 몸을 늘이고 줄이고 둘둘 말고 쭉 펴며 때에 맞추어 변화한다. 밖으로는 그 풍속에 동화하고, 안으로는 그 본성을 지키며, 눈과 귀는 세세한 데 쓰지 않고, 생각은 쉽게 미혹되지 않는다.

是故至道無爲, 一龍一蛇, 盈縮卷舒, 與時變化. 外從其風, 內守其性, 耳目不燿, 思慮不營.

이렇게 용의 자유로운 움직임이나 습성, 그 오묘함과 신령스러움은 인간이 추구해야 할 지극한 도의 모범으로 여겨진 것이다. 하지만 중국 옛 문헌을 보면 용이 꼭 이렇게 가까이 하기 어려운, 지극히 존귀한 존재로만 등장한 것은 아니다. 어떤 문헌에서는 용을 버젓이 뱀, 거북, 물고기 등의 실재하는 동물들과 함께 분류하기도 한다.[4] 또 사람이 용을 다른 가축들이나 애완동물처럼 길렀다는 기록도 전해진다. 그 중에서도 가장 흥미로운 이야기를 꼽자면 바로 『좌전左傳』「소공昭公 29년」에서의 기록일 것이다.

옛날에 용을 기르는 사람이 있었기 때문에 나라에 환룡씨가 있고 어룡씨가 있었습니다. (…중략…) 옛날에 숙안이라는 임금이 있었고, 그 후손 중동보라는 사람이 있었습니다. 그는 용을 대단히 좋아하여 용이 좋아하는 음식을 잘 구하여 먹였기에 용들이 그를 많이 따랐습니다. 그래서 용을 기

---

**4** 『예문유취藝文類聚』를 비롯해 역대의 많은 유서들에서 용이나 교룡을 뱀(蛇), 거북(龜), 자라(鼈), 물고기(魚) 등과 나란히 인개부鱗介部에 분류하고 있다. 여기에는 상상의 동물과 현실의 동물에 대한 차별이 적용되지 않았음을 알 수 있다.

르는 것으로 순임금을 섬겼고, 순임금께서 '동'이라는 성을, '환룡'이라는 씨를 하사하고 종천에 봉했으니 종이씨가 그 후예입니다. 그러므로 순임금 시절에는 대대로 용을 길렀다고 할 수 있습니다.

하나라 공갑 때에 이르러 공갑이 상제를 잘 모시니 상제가 타고 다닐 용을 하사해 주었습니다. 하수와 한수에 각기 두 마리로, 암수 한 쌍이었습니다. 공갑은 용을 먹일 줄도 모르고, 환룡씨도 찾지 못하고 있었습니다. 도당씨가 이미 쇠락하고, 그 후손 중에 유루라는 자가 있었는데, 환룡씨에게 용을 다루는 법을 배워 공갑을 섬겨 용에게 먹이를 줄 수 있었습니다. 하후는 기뻐하며 그에게 '어룡'이라는 씨를 하사해주고 시위씨의 후사를 대신하게 했습니다. 하지만 암컷 용 한 마리가 죽자 유루는 몰래 그것을 절여 하후에게 먹였습니다. 하후가 그것을 먹고 나서 암컷 용을 찾으니, 유루는 두려워 노현으로 옮겨갔습니다. 범씨는 그들의 후손입니다.

古者畜龍, 故國有豢龍氏, 有御龍氏. (…중략…) 昔有颺叔安, 有裔子曰董父, 實甚好龍, 能求其耆欲, 以飲食之, 龍多歸之. 乃擾畜龍, 以服事帝舜, 帝賜之姓曰董, 氏曰豢龍, 封諸鬷川, 鬷夷氏其後也. 故帝舜氏世有畜龍.

及有夏孔甲, 擾于有帝, 帝賜之乘龍, 河·漢各二, 各有雌雄. 孔甲不能食, 而未獲豢龍氏. 有陶唐氏旣衰, 其後有劉累, 學擾龍于豢龍氏, 以事孔甲, 能飲食之. 夏后嘉之, 賜氏曰御龍, 以更豕韋之後. 龍一雌死, 潛醢以食夏后. 夏后饗之. 旣而使求之. 懼而遷于魯縣, 范氏其後也.


용이 개나 고양이처럼 기를 수 있는 동물로 등장하고, 그 전문 사육사까지 있으며, 심지어 요리 재료가 되기도 하다니! 물론 용을 잘 키울 수 있는 능력으로 황제에게 '환룡'이라는 씨氏를 하사 받기까지 했다고 하는 것을 보면, 용은 대단히 희귀하면서 키우기 쉽지 않은 동물이었음을 알 수 있다. 그 옛날에는 귀족들만 씨를 사용할 수 있었기 때문이다. 『좌전』과 같은 사서史書에 태연히 이런 기록이 존재하는 것으로 미루어 일부 논자들은 용의 원형이 악어나 도마뱀 같은 실재하는 어떤 동물일 것이라고 추정하였다.[5] 용이 상상의 동물인가에 대해서도 서영대는 중국인들이 용을 숭배한 것은 용을 실재하는 동물이라 믿었기 때문이라고 주장한다. 존재하지도 않는 것을 숭배할 수는 없다는 것이다.[6] 인류가 꼭 실재하는 것만을 숭배했는가의 여부는 논의의 여지가 있겠지만, 그가 지적하듯이 옛 전적에 등장하는 용에 관한 기록에는 이처럼 그 내용이 허구라는 의식이 전혀 감지되지 않는 경우가 적지 않다.

　종교, 사상적으로도 용은 유儒, 불佛, 도道와 민간신앙에 두루 등장하며, 그에 따라 다양한 양상을 보인다. 예컨대 유가의 경전인 『역易』에서는 "용은 덕이 있으면서도 은거하는 자이다(龍, 德而隱者也)", "용은 덕이 있으면서 치우치지 않는 자이다(龍, 德而正中者也)"[7]라고 하였는데 이것은 동물로서의 용에 성격보다는 그 윤리적 의미와 가치에 대한 언급이라고 할 수 있다. 불교에서 용과 관련된 가장 대표적 관념은 용왕관념이라고 할 수 있는데, 이것은 뒤에서 보다 자세히 논하겠지만 원래

---

5　대표적인 논자로 허신何新을 들 수 있다. 그는 『談龍』(中華書局, 1989)에서 "용은 중국고대에 확실히 존재하던 동물의 하나이다. 이른바 '용'이란 고대인들의 시각에서는 악어류나 도룡농류 내지 도마뱀류의 동물을 공통으로 칭하는 말이었다"라고 하였고, 「中國神龍之謎的揭破」, 『神龍之謎』(延邊大學出版社, 1988)에서도 용이 악어류를 칭한다는 입장을 보였다. 이외에도 祁慶福, 「養鰐與豢龍」(『文物』第2期, 1981)에서도 용의 근원을 악어에서 찾는 견해를 찾아볼 수 있다.
6　서영대, 「용과 중국종교」, 이어령 편, 『십이지신十二支神 용』, 생각의나무, 2010, 206쪽.
7　『역易』「건괘乾卦·문언文言」.

인도의 나가Nāga 신앙이 불교에 수용되고, 불교가 다시 중국에 수용되는 과정에서 나가가 '용'으로 번역된 것이라고 할 수 있다. 이렇게 중국에 들어온 나가 신앙은 중국의 토착적 용 관념과 결합하며 용왕 관념으로 발전한다. 한편 이런 용왕 관념은 도교에서도 사해용왕이나 오대용왕 관념 등으로 발전하기도 하였다.[8] 하지만 무엇보다 도교에서 용은 인간세상과 천상을 오가는 동물로서, 신선들의 탈것으로 여겨졌다. 앞에서 언급한 『열선전』에서 황제黃帝가 승천하는 이야기도 그 좋은 예이다. 더 이른 시기의 유물이나 문헌에서도 이러한 관념이 드러난다. 예컨대 앞에서 언급한 〈인물어룡도〉를 보면 고인이 사후에 저승으로 떠날 때, 용이 그 탈것이 된다는 관념이 전국시대 이전부터 존재했음을 알 수 있다. 또한 중국 최고의 신화서라고 하는 『산해경山海經』에서도 그 단초를 찾아볼 수 있다.

> 동방의 구망은 새의 몸에 사람의 얼굴인데, 두 마리 용을 타고 다닌다.
> 東方句芒, 鳥身人面, 乘兩龍.
>
> ——「해외동경海外東經」

> 서방의 욕수는 왼쪽 귀에 뱀을 걸고, 두 마리 용을 타고 다닌다.
> 西方蓐收, 左耳有蛇, 乘兩龍.
>
> ——「해외서경海外西經」

---

8  서영대, 앞의 글, 214쪽.

남방의 축융은 짐승의 몸에 사람의 얼굴인데, 두 마리 용을 타고 다닌다.

南方祝融, 獸身人面, 乘兩龍.

— 「해외남경海外南經」[9]

이렇게 용이 인간계와 신선계를 연결시키는 매개가 된다는 믿음은 이후 도교에서 용교龍橋 관념으로 발전하였다. 용교라는 것은 신선들이 다른 세상을 오갈 때 이용하는 삼교三橋(호랑이, 사슴, 용) 중 하나이다. 또한 전국시대 이후로 신선설이 유행하면서 용을 타고 승천하여 불사를 이룬다는 관념이 생겨나기도 하였다. 신선설이 유행한 전국시대 이후에는 용을 타고 승천하여 불사를 이룬다는 관념으로 발전하기도 하였다. 『열선전』이나 『신선전神仙傳』에는 이러한 신선들의 이야기가 많이 전하는데 모군의 승천 이야기도 그 좋은 예이다.

모군의 이름은 영이고 자는 숙신으로 함양인이다. 그의 고조부 몽은 자가 초성으로 화산에서 도를 닦았는데 단약이 완성되자 적룡을 타고 승천했다.

茅君者, 名盈, 字叔申, 咸陽人, 高祖父濛, 字初成, 學道於華山, 丹成, 乘赤龍而昇天.[10]

이렇게 용은 중국문화에서 갖가지 모습과 성격으로 다양한 맥락에서 등장했다. 그러나 용은 무엇보다도 물과 관련하여 등장하는 경우가

---

9　「해외북경海外北經」에 나오는 북방의 신 우강禺彊 역시 새의 몸에 사람의 얼굴인데, "두 마리 푸른 뱀을 밟고 있다(踐兩靑蛇)"고 한다.

10　『신선전神仙傳』 「모군茅君」.

많다. 이런 점은 중국 뿐 아니라 서양의 경우도 마찬가지라고 할 수 있다. 3장에서 다시 논하겠지만 서양의 문화전통에서 물이 '모든 것을 앗아가는 시간'이나 어두움, 죽음의 이미지가 강했다면, 동양에서 물은 긍정적인 면과 부정적인 면을 다 가지고 있었다고 할 수 있다. 즉 생명과 풍요를 가져다주는 물과, 그것을 앗아가는 물이다. 따라서 동양에서는 용 역시 이러한 양면성을 다 드러낸다.

## 3. 물을 관장하는 자

물은 지상에서 살아가는 모든 생명의 근원이다. 사람도 짐승도 물 없이는 살 수 없으며, 나무와 풀, 그리고 각종 농작물의 생장에도 물은 필수적이다. 따라서 가뭄은 사람들, 특히 농사를 지으며 살아가는 사람들에게는 가장 큰 재앙 중 하나이며, 필요할 때 물을 끌어다 쓸 수 있다는 것은 큰 축복이다. 고대인들은 일 년 중 처음 내리는 비를 그 해 농사의 성공과 풍요를 약속하는 상징으로 여겼다. 그러므로 물속에 살며 물을 주재하는 용은 사람들에게 대단히 은혜로운 존재였다. 중국 문헌에서 용은 많은 경우 물속에 사는 동물로 그려진다.

용은 물속에 사는 존재이다.

龍, 水物也.

—『좌전』「소공 29년」

용은 물에서 생겨난다.

龍生於水.

—『관자管子』「수지水池」


교룡은 물이 있어야 신령함을 세울 수 있다.

蛟龍得水, 而神可立也.

—『관자管子』「형세形勢」


흙이 모여 산을 이루면 바람과 비가 일어나고, 물이 모여 못을 이루면 교
룡이 생겨난다.

積土成山, 風雨興焉. 積水成淵, 蛟龍生焉.

—『순자荀子』「권학勸學」


물속에 살고 물이 생명력이 되는 동물이니 만큼, 용은 물을 부리는
능력도 영험하다고 믿어졌다. 황제黃帝와 치우蚩尤의 싸움에서도 응룡
應龍은 물을 관장하는 능력으로 전투에 참여한다. 그런데 용의 물을 부
리는 능력이 가장 필요한 것은 아마도 농사를 짓는 사람들이 가뭄에
비를 내려달라고 빌 때일 것이다.


가뭄이 들 경우 응룡의 모습을 만들면 큰비가 내렸다.

旱而爲應龍之狀, 乃得大雨.

—『산해경』「대황동경大荒東經」

〈그림 3〉 동족 마을 고루鼓樓에 장식된 용

이렇게 용이 비를 내려준다는 믿음은 중국 뿐 아니라 한국과 일본의 신화 전설에서도 쉽게 찾아 볼 수 있다. 『삼국사기』「신라본기」에서 혁거세 60년에는 용 두 마리가 금성 우물 속에 나타나니 번개가 치고 비가 쏟아졌다는 기록이 있고, 『동국여지승람』에도 검은 용이 나타나 공중으로 날아오르니 이날 비로소 큰 비가 왔다는 기록이 있다. 게다가 다음의 기록은 서역西域의 방사가 용을 부려 가뭄을 해결하는 이야기를 전하고 있다.

진나라 사자 감종이 서역 지방의 일을 다음과 같이 아뢰었다. "외국에 주문에 능한 한 방사가 있는데 그가 바닷가에서 우보를 걸으면서 숨을 쉬면 용이 바로 수면 위로 나왔다고 합니다. 용이 막 나왔을 때는 그 길이가 수십 장이나 되는데, 방사가 '후!' 하고 불면 한번 불 때마다 용이 조금씩 줄어들었습니다. 그리하여 결국 용의 길이가 몇 촌까지 줄어들면 병 안에 잡아넣고 물을 조금 부어가면서 길렀습니다. 외국은 자주 가뭄으로 고통을 받았는데, 방사는 어느 곳에 가뭄이 들었다는 이야기를 들으면 곧장 용을 가지고 그곳으로 가서 꺼내 팔았습니다. 용 한 마리의 가격이 금 수십 근 값이나 나갔는데, 전국의 사람들이 그 용을 보려고 모두 모여들었습니다. 용의 값을 지불하고 나면 방사는 곧장 병을 열어 용을 꺼낸 뒤 못에다 풀었습니다. 방사가 다시 우보로 걸으면서 숨을 내쉬자 용은 수십 길 길이로 커졌으며, 순식간에 사방에서 비가 몰려왔다고 합니다."

秦使者甘宗所奏西域事云. "外國方士能神呪者, 臨川禹步吹氣, 龍卽浮出. 初出, 乃長數十丈. 方士吹之, 一吹則則龍輒一縮, 至長數寸, 乃取置壺中, 以少水養之. 外國國苦旱災, 於是方士聞有旱處, 便責龍往, 出賣之. 一龍直金數十勳, 擧國會斂以顧之. 直畢, 乃發壺出龍, 置淵中. 復禹步吹之, 長數十丈, 須臾雨四集矣.

　　　　　　　　　　　—『태평광기太平廣記』권418에서 인용한『포박자抱朴子』[11]


　여기에서도 용은 바다에 사는 동물로 그려진다. 재미있는 것은 용의 몸이 작아졌다 커졌다 하는 것이 서역 방사가 숨을 '후!' 불고, 우보를 걷는 등의 마술 행위로 이루어진다는 것이다. 심지어 그는 용을 물건처럼 팔기도 한다. 아마도 실크로드를 통해 서역의 신기한 문물과 풍

11　이방李昉, 김장환 · 이민숙 외역, 『태평광기太平廣記』 17권, 학고방, 2004. 인용문은 이 책의 번역을 따르되 필요한 부분은 필자가 수정하였다.

〈그림 4〉(좌) 〈그림 5〉(우) 동족 마을 고루 안에 모셔져 있는 용과 그 위에 걸터앉은 동네 꼬마. 이 마을에서 용은 두려운 존재라기보다 고맙고 친근한 존재인 듯하다.

습이 중국에 전해지던 때에, 강우降雨의 조절 능력에 대한 중국인들의 원망願望과 용의 능력에 대한 믿음이 투사된 이야기로 보인다.

한편 이렇게 용이 비를 내려준다는 믿음은 중국에서 농사를 짓고 살아가는 사람들에게는 꽤 널리 퍼져 있었던 것으로 보인다. 김선자는 "용은 어떤 한 '민족'의 상징이 아니라 농사를 지으며 살아가는 사람들의 풍요에 대한 소망을 담은 물의 신이었다"고 말한다. 그에 따르면 흑룡강성黑龍江省 에벤키족 사람들은 용의 비늘이 떨어지는 것이 비라고 생각했다고 한다. 비늘 하나하나에 물이 가득 담겨 있고, 그것이 쏟아지는 것이 비라는 것이다. 또 중국 서남부의 운남성雲南省이나 귀주성貴州省 산지에서 농사를 지으며 살아가는 이족彝族이나 묘족苗族, 동족侗族들에게도 용은 마을 사람들에게 물을 가져다주고 풍요를 가져다주는 존재로 인식되었다.[12]

나다니엘 앨트먼Nathaniel Altman은 비가 대지뿐 아니라 인간의 영혼
에도 양분을 공급한다고 여기는 경우가 많았다고 한다. 음비티John S.
Mbiti에 따르면 아프리카의 어떤 부족들은 비가 신과 아주 밀접하게 연
결되어 있다고 믿어서, 신을 '비 내리는 사람'이라는 의미를 가진 이름
으로 부르고 비가 오는 것은 '신이 내린다'고 표현한다고 한다. 레인메
이커rainmaker는 부족사회와 비의 신을 연결하는 매개자로서 높이 추앙
을 받았다. 하늘에서 내려오는 비는 인간과 신을 연결시키는 역할을
한다고 믿었고 비속에는 매우 심오하고 신성한 '리듬'이 내재되어 있어
이와 일치를 이루는 자는 막강한 능력을 소유하게 된다. 따라서 레인
메이커들은 단순히 물리적으로 비가 내리게 하는 것에 그치는 것이 아
니라 인간들로 하여금 시공을 초월한 축복과 접촉할 수 있도록 매개해
주는 역할을 한다.[13] 이렇게 볼 때 용은 중국의 레인메이커로서 대지
에 생명을 불어넣고, 인간과 천상을 연결해주는 존재로 인식되었다고
할 수 있다.

## 4. 물을 교란하는 자

일반적으로 서양의 용은 사악한 존재이고 퇴치의 대상인 반면, 동양
의 용은 신성하고 상서롭고 선한 존재라고 여겨지곤 한다. 이런 관념
은 동양인들뿐만 아니라 서양인들에게도 별 이견 없이 받아들여지곤

---

12  김선자, 「탐욕, 용의 비늘을 건드리다」, 『오래된 지혜』, 어크로스, 2012, 166~176쪽 참고.
13  나다니엘 앨트먼, 황수연 역, 『물의 신화』, 해바라기, 2003, 55~56쪽.

한다. 『중국의 상징과 예술의 모티프들Chinese Symbolism and Art Motifs』[14]의 저자 윌리암스C. A. S. Williams는 '용'에 대해 서술하면서 오카쿠라의 말을 인용한다.

> 동양의 용은 서양의 중세 시대 상상 속의 무시무시한 괴물이 아니라 힘
> 과 선의 수호신이다.
>
> — Okakura, *The Awakening of Japan*, pp. 77~78

중국학자들 중에서도 이런 일반론을 그대로 받아들이는 경우를 종종 볼 수 있는데, 그와 관련하여 흥미로운 사건이 있었다. 이른바 '용위정명龍爲正名'이라 불리는 이 사건은 2006년에 대만 학자 멍톈샹蒙天祥과 화동사대華東師大 황지黃佶 등으로부터 비롯되었다. 이들은 '용龍'을 영어로 번역할 때 일반적으로 '드래곤dragon'이라고 옮기는 것은 그 의미를 손상시킨다고 지적하며, 중국어 발음대로 '룽loong'으로 써서 구분을 해야 한다고 하였다. 이유인 즉, 용은 중화민족의 상징인데 서양의 드래곤은 악마이기 때문에 오해가 생길 수 있다는 것이다.[15]

이런 설명은 대체로는 그럴 듯하지만, 사실을 지나치게 단순화한 것이다. 중국에서도 용이 늘 선하고 상서로운 존재로만 인식되지는 않았다. 용이 나타난다는 것은 길조일 수도, 흉조일 수도 있었다. 물이 가지고 있는 양면성처럼 용은 풍요를 가져다주는 고마운 존재일 수도,

---

14 국내에서는 『중국문화 중국정신』(이용찬 외 공역, 대원사, 1989)이라는 제목으로 번역되었다.
15 『金陵晚報』李凱 기자의 2006년 4월 13일자 보도 참고.

재난을 일으키는 두려운 존재이거나 골칫덩어리이기도 했다. 예를 들어 유명한 신화 중 하나인 여와보천女媧補天을 보자.

아득한 옛날, 사극이 무너지고 구주가 갈라져 하늘이 땅을 다 덮지 못하고 땅은 만물을 다 싣지 못하였다. 이에 여와가 오색 돌을 녹여 푸른 하늘을 메웠고 거북의 다리를 잘라 사극을 세웠으며, 흑룡을 죽여 기주 땅을 구제하고, 갈대를 태운 재를 쌓아 홍수를 멎게 했다.

往古之時, 四極廢, 九州裂, 天不兼覆, 地不周載. 於是女媧煉五色石以補蒼天, 斷鼇足以立四極, 殺黑龍, 以濟冀州, 積蘆灰, 以止淫水.

— 『회남자淮南子』 「남명훈覽冥訓」

우선 하늘과 땅 사이를 지탱하는 사극이 무너지고 구주가 다 갈라질 정도의 사건이 일어났다. 이 사건은 일반적으로 『회남자』 「천문훈天文訓」에 나오는 공공共工이 노하여 부주산不周山을 들이받은 일에서 발단된 것으로 여겨진다.[16] 즉 전욱顓頊과 제帝의 지위를 두고 싸우던 공공이 분을 못 이기고 부주산을 들이받으면서 하늘 기둥이 끊어지고 땅과 하늘이 기울어지게 되었다. 그리하여 "사극이 무너지고 구주가 갈라졌다." 그런데 「남명훈」의 기록을 보면 그렇게 하늘 기둥(사극)이 무너진

---

16 당나라 초기에 나온 작자 미상의 『조옥집琱玉集』 「장력壯力」에서는 다음과 같이 두 이야기를 자연스럽게 연결시키고 있다. "공공은 신농 때의 제후로 신농과 천하를 놓고 다투었다. 공공이 크게 화가 나서 머리로 부주산을 들이받자 산이 무너지고 하늘을 받치는 기둥이 부러지고 땅을 묶는 끈이 끊어졌기 때문에 하늘은 서북쪽으로 기울어지고 땅은 동남쪽이 꺼졌다. 다시 여와가 다섯 가지 돌을 녹여서 하늘의 모자란 부분을 메웠다(共工, 神農時諸侯也, 而與神農爭定天下. 共工大怒, 以頭觸不周山, 山崩, 天柱折, 地維絶, 故天傾西北隅, 地缺東南角. 又女媧煉五石以補天缺也)."

결과는 홍수이다. 여와가 푸른 하늘을 메운 것은 하늘이 뚫리면서 비가 쏟아지는 것을 막은 것이라고 할 수 있다. 이제 남은 일은 흑룡을 죽이는 것과, 갈대의 재로 홍수를 멈추는 것이다. 갈대의 재는 물기를 빨아들이기 위한 것이라고 할 수 있다. 그렇다면 흑룡을 죽이는 것은 어째서인가? 고유高誘는 주에서 "흑룡은 물의 정령이다(黑龍, 水精也)"라고 말했다. 그렇다면 물의 정령인 흑룡이 홍수를 일으키는 원인이 되었기 때문에 흑룡을 퇴치한 것이라고 짐작할 수 있다.

중국 옛 문헌에는 물에 사는 용을 재난의 원인으로 인식하여 진압하는 이야기가 많이 전해진다. 그 중 가장 유명한 이야기를 꼽자면 아마도 이빙李冰의 치수 신화일 것이다.

이빙이 촉군태수로 있을 때, 교룡이 해마다 횡포를 부려 백성들이 물에 빠진 채 서로 쳐다만 보았다. 그래서 이빙은 교룡을 죽이러 강 속으로 들어가 소의 모습으로 변했는데, 강신江神인 용이 솟아올라 이빙은 이길 수 없었다. 이빙은 강에서 나와 군졸 중에서 용감한 자 수백 명을 선발하여 강한 활과 큰 화살을 들게 하고는 이렇게 약속했다. "내가 전에 소로 변했으니 이제 강신도 필시 소로 변할 것이다. 나는 커다랗고 새하얀 명주를 내 몸에 묶어 표시를 할 것이니, 너희는 마땅히 표시가 없는 놈을 죽여야 한다." 그러더니 큰 소리를 지르며 강 속으로 들어갔다. 잠시 후 천둥과 바람이 크게 일더니 하늘과 땅이 한 색깔로 변했다. 잠시 잠잠해지더니 소 두 마리가 물가에서 싸우기 시작했다. 이빙이 변한 소는 아주 길고 흰 명주가 묶어져 있었기에, 무사들은 일제히 강신을 쏘아 죽였다. 이후로 촉군 사람들은 더 이상 홍수로 고통을 겪지 않게 되었다.

李冰爲蜀郡守, 有蛟歲暴, 漂墊相望. 冰乃入水戮蛟, 已爲牛形, 江神龍躍, 冰不勝. 及出, 選卒之勇者數百, 持彊弓大箭, 約曰:"吾者前爲牛, 今江神必亦爲牛矣. 我以大白練自束以辨, 汝當殺其無記者." 遂吼呼而入. 須臾風雷大起, 天地一色. 稍定, 有二牛鬪於上.[17] 公練甚長白, 武士乃齊射其神, 遂斃. 從此蜀人不復爲水所病.

여기서 강신江神인 용은 수재水災를 일으키는 골칫거리로서 퇴치 대상이다. 그런데 여기서 용은 '교蛟', 즉 교룡이다. 실제로 중국 옛 이야기에서 물속에 살면서 풍랑을 일으키거나 강의 범람을 초래하는 용은 대부분 '교룡'으로 등장한다. 『열선전전列仙全傳』 권4의 허손許遜의 이야기에서도 허손에게 퇴치되는 것은 늙은 교룡이다. 그는 교룡을 검으로 베고, 쇠기둥으로 눌러 교룡과 이무기가 사는 구멍을 다 막았다. 그러자 물의 요괴인 교룡이 자취를 감추고 성읍에 우환이 없어졌다는 이야기이다. 또한 성홍지盛弘之의 『형주기荊州記』에는 양양襄陽 태수 등하鄧遐가 사람을 해치는 교룡을 검으로 토막 내어 없애는 이야기가 나온다.

양양성 북쪽의 면수에는 사람을 해치는 교룡이 있었다. 태수 등하는 용기와 과단성을 겸비한 사람으로 당시 사람들은 그를 번쾌에 비유할 정도였다. 등하가 검을 빼 물속으로 들어가자 교룡이 그의 다리를 감았다. 등하가 검을 휘둘러서 교룡을 여러 토막으로 자르자, 흘러나온 피가 물을 붉게 물들였다. 이때부터 교룡으로 인한 재앙이 없어졌다.

---

17 『태평광기太平廣記』 권291에서 인용한 『성도기成都記』.

襄陽城北沔水有蛟爲害. 太守鄧遐勇果兼人, 時人方之樊噲. 拔劍入水, 蛟
繞其足. 遐自揮劍, 截蛟數段, 流血丹水. 自此無害.

이렇게 교룡을 처치하여 사람들의 걱정거리를 없애준 인물들은, 용
과 싸워 이기는 서양의 기사들과 마찬가지로 영웅적인 인물로 남게 되
었다. 풍속지나 지방지 등에도 물속에 사는 교룡으로 인한 우환에 대
한 기록이 적지 않다. 단오에 먹는 음식 쫑즈(粽子)[18]와 초나라의 애국
시인 굴원에 관한 이야기에서도 그 예를 찾을 수 있다.

굴원이 5월 5일에 멱라강에 몸을 던지자, 그의 아내가 매번 음식을 물에
던져 넣어 그를 제사 지냈다. 굴원이 아내에게 알려주길, 제밥을 모두 교룡
에게 뺏긴다고 하였다. 용은 오색실과 대나무를 두려워하므로, 굴원의 아
내는 대나무로 쫑즈를 만들어 오색실로 그것을 동여맸다. 오늘날 민간에
서는 그날이 되면 모두들 오색실을 지니고 쫑즈를 먹으며, 교룡의 화를 피
할 수 있다고 말한다.

屈原五月五日投汨羅江, 其妻每投食於水以祭之. 屈原告妻, 所祭皆爲蛟
龍所奪. 龍畏五色絲及竹, 故妻以竹爲粽, 以五色絲纏之. 今俗其日皆帶五色
絲, 食粽, 言免蛟龍之患.[19]

---

**18** 찹쌀을 삼각형이나 원추형으로 만들어 연잎이나 댓잎 등으로 싸고 갈대 잎 등으로 묶어
쪄 먹는 음식이다. 쫑즈에는 돼지고기나 보리새우, 대추 등 각종 소를 넣어 다양하게 만
들며, 지방마다 특색 있는 쫑즈를 만든다. 대체로 북방의 쫑즈는 단맛이 강하고 남방의
쫑즈는 짭짤한 편이라고 한다. 오늘날에는 단오절뿐만 아니라 평소에도 간단한 요기 거
리로 즐겨먹는 음식이 되었다.
**19** 『태평환우기太平寰宇記』 권145에서 인용한 『양양풍속기襄陽風俗記』.

〈그림 6〉 단오절 용주龍舟 경기

　오늘날 단오절마다 벌이는 용주龍舟 경기는 굴원이 멱라강에 투신했을 때 그의 시신을 찾기 위해 백성들이 물에 배를 띄웠다는 이야기에서 비롯되었다고 전한다. 이 경기에 쓰이는 배는 이름처럼 용 모양의 배인데, 여기에는 용이 그만큼 물에서 자유자재로 신속히 다닐 수 있는 존재라는 인식이 반영되었을 것이다. 그런데 그러한 교룡이 물속에서 풍랑을 일으키고 사람들에게 해를 끼칠 뿐 아니라, 애국시인 굴원의 젯밥까지 빼앗아 먹었다니 여기에서 교룡은 확실히 선하거나 길한 존재는 아니다.

　물속에 살며 사람을 해치는 요괴로서 '교룡'은 아름다운 여인으로 변하여 젊은 남자를 유혹하고 그 생명을 앗아가는 요녀로 등장하기도 하였다.

소주의 무구사산을 세간에서는 오왕 합려의 능묘라고들 한다. 한 석굴이 바위 아래로 나 있는데 마치 일부러 뚫어놓은 듯한 모습이다. 또 석굴 속에는 깊이를 헤아릴 수 없는 물이 있다. 어떤 사람은 이곳을 진나라 왕이 보검을 파내간 곳이라고도 한다.

당나라 (대종代宗) 영태연간(765~766)에 어떤 젊은이가 이곳을 지나가다가 한 미녀가 물속에서 목욕하고 있는 것을 보았다. 미녀는 젊은이에게 함께 놀지 않겠냐고 묻고는 다가와서 그를 끌어당겼다. 젊은이는 옷을 벗고 물속으로 들어갔다가 익사했다. 며칠 뒤에 젊은이의 시체가 물위로 떠올랐는데 몸이 완전히 말라비틀어져 있었다. 그 아래에 필시 늙은 교룡이 굴속에 숨어 있다가 사람을 홀려서 피를 빨아먹었기 때문일 것이다. 이 일은 젊은이와 동행했던 자가 애기해준 것이다.

蘇州武丘寺山, 世言吳王闔閭陵, 有石穴, 出於巖下, 若嵌鑿狀. 中有水, 深不可測. 或言秦王鑿取劍之所.

唐永泰中, 有少年經過, 見一美女, 在水中浴. 問少年同戲否, 因前牽拽, 少年遂解衣而入, 因溺死. 數日, 尸方浮出, 而身盡乾枯. 其下必是老蛟潛窟, 媚人以吮血故也. 其同行者述其狀云.

— 당唐 진소陳邵의 『통유기通幽記』[20]

성적 매력을 발산하며 그 매력에 유인된 자를 쾌락의 늪에서 죽음에 이르게 하는 교룡의 팜프파탈적 이미지는, 아름다운 목소리를 뱃사람들을 꾀어 바다에 빠져죽게 만드는 『오디세이』의 사이렌을 연상시킨

---

20 『태평광기』 425권 '늙은 교룡老蛟', 748~749쪽.

다. 이렇게 중국의 용은 물이 지닌 양가적 의미와 마찬가지로 존재의 긍부정성을 다 드러낸다.


## 5. 존귀한 용, 황제, 그리고 삼정구사법의 유래

세상 어느 곳이나 갈 수 있고, 자유롭게 변신하며, 사람들에게 때로는 고마운 존재, 때로는 두려운 존재이기도 한 용은 그 권능으로 인해 대단히 신성한 동물로 여겨졌다. 따라서 용이 나타나는 것은 굉장한 길조로 여겨지는 경우가 많았고, 용은 매우 존귀한 무언가를 비유하는 상징으로 쓰이게 되었다.

잘 알려진 예로 '등용문登龍門'이라는 말이 있다. 우리나라 입시학원 이름에도 곧잘 쓰이는 이 말은 알다시피 명망이나 권세를 얻어 신분이 크게 상승하는 것을 비유하는 말이다. 특히 예전에는 과거에 급제를 하는 것을 '등용문'이라고 했다. 즉 누군가가 '용문에 올랐다'는 말은 그가 신분상승을 위한 모종의 어려운 시험을 통과했고, 그래서 그가 귀한 존재가 될 것임을 시사한다. 이 말이 처음 등장하는 것은 『후한서後漢書』권67 「당고열전黨錮列傳·이응李膺」편에서이다. 이응의 자는 원례元禮이고 영천潁川 양성襄城 사람으로 동한대에 청주자사靑州刺史, 어양태수漁陽太守, 촉군태수蜀郡太守 등을 지냈는데 성품이 고결하고 청렴하여, 그 당시 사람들은 그와 교유하게 되는 것을 명예롭게 여겼다고 한다. 그 명예에 대해 『후한서』에서는 이렇게 말한다.

이응은 홀로 자신의 풍모를 지켜 그 명성이 저절로 높아졌다. 선비들은 그와 접견하게 되는 것을 '용문에 오른다'고 말했다.

膺獨持風裁, 以聲名自高. 士有被其容接者, 名爲登龍門.

여기서 '용문에 오른다(登龍門)'는 구절에 대해 이현李賢 주에서는 이렇게 말했다.

이것은 물고기에 비유한 것이다. 용문은 황하의 물줄기가 흘러내리는 입구인데 오늘날 역주 용문현에 있다. 신씨의 『삼진기』에서는 "하진은 일명 용문이라고 하는데, 물살이 험하여 배가 통과하지 못하고, 물고기나 자라 등이 거슬러 오르지 못하며, 강과 바다의 큰 물고기들도 용문 아래 수천 마리가 모여들어도 거슬러 오르지 못했다. 하지만 오르면 용이 된다."

以魚爲喩也. 龍門, 河水所下之口, 在今繹州龍門縣. 辛氏『三秦記』曰 : "河津一名龍門, 水險不通, 魚鼈之屬莫能上, 江海大魚薄集龍門下數千, 不得上, 上則爲龍也."

또한 유의경劉義慶의 『세설신어世說新語』「덕행德行」에서는 이응에 대해 "풍격이 수려하고 엄정했으며, 고상하게 스스로 높은 긍지를 지니고 있어서, 세상에 명분의 가르침을 펴고 시비를 바로잡는 것을 자기의 임무로 삼으려 했다"고 평하면서 "후배된 선비로서 그의 당堂에 올라 수업을 받은 자는 모두들 용문에 올랐다고 여겨졌다(後進之士, 有開其堂者, 皆以爲登龍門)"[21]라고 하였다. 이렇게 볼 때 동한대 이전부터 '등용문'이라는 말은 고귀하고 존엄한 위상을 성취하게 됨을 뜻하는 비유적 표현으로 쓰이고 있었으며, 여기서 '용'은 대단히 드물고 귀한 존재를 의미했음을 알 수 있다. 당대唐代의 시인 이백李白 또한 「한형주에게 드리는 글(與韓荊州書)」에서 "한번 용문에 오르면, 명성이 열배쯤 오른다고 합니다(一登龍門, 則聲價十倍)"라고 하였다.

이렇게 존귀한 존재로서 용은 훌륭한 인물의 탄생설화에 등장하여, 그 인물의 비범한 탄생을 강조하기도 하였다. 유가의 성인聖人으로 받들어지는 공자孔子의 탄생에 대해서『습유기拾遺記』에는 이런 기록이 전한다.

공자가 태어나던 날 밤에 청룡 두 마리가 하늘에서 내려와 안징재顔徵在의 방으로 와서 앉았고, 그리하여 공부자孔夫子가 태어났다.

孔子當生之夜, 二蒼龍亘天而下, 來附徵在之房, 因而生夫子.[22]

『사기史記』「공자세가孔子世家」에서 공자는 숙량홀叔梁紇이 안씨와 야합野合하여 낳은 자식이라고 한다. 야합하였다는 것은 정식 부부관계를 통하지 않는 관계를 맺었다는 것이다. 이것은 후대인들이 보기에 위대한 성인 공자의 출생담으로는 아무래도 실망스러운 이야기였나보다. 그래서『습유기』의 기록에서는 잉태의 순간이 아니라 탄생의 순간에 훨씬 더 경이로운 장면을 연출한다. 청룡 두 마리가 공자의 탄생을 맞이하여 안징재의 방으로 들어왔다는 것은 대단히 비범한 인물이

---

21  유의경, 김장환 역,『세설신어』, 살림, 1996, 43쪽의 번역에 준하되 본문의 문맥상 필요한 경우에만 필자가 수정하였다.
22 『태평광기』권418 '용龍' '창룡蒼龍'조에서 인용한 왕자년王子年의『습유기拾遺記』.

태어났음을 보증해주는 징표가 된다.

　이렇게 비범한 출생은 세계적으로 영웅신화에서 공통적으로 발견되는 모티프이다. 특히 한 민족의 시조나 건국시조의 탄생은 그 혈통이 보통 신적인 존재에 맞닿아 있거나, 신성하게 여기는 사물이나 동물에의 감응을 통해 잉태가 이루어진다. 또한 태어난 후에 여러 가지 이적을 보이기도 한다. 그래서 그가 평범한 인간이 아니라는 것, 그의 권위는 신적인 존재, 인간을 초월하는 존재에 의해 부여된 정당한 것이라는 보증을 받는다. 예컨대 중화민족의 시조 황제黃帝는 태어난 지 몇 개월도 안 되었을 때 말을 할 수 있었다. 상商나라의 시조 설契은 그의 어머니 간적簡狄이 목욕을 갔다가 제비가 떨어뜨린 알을 삼키고 임신하여 낳았고, 주周나라의 시조 후직后稷은 그의 어머니 강원姜原이 들에 나갔다가 거인의 발자국을 밟고 임신하여 낳았다. 게다가 불길하게 여겨 길에 버리니 말이나 소가 밟지 않고 피해 지나갔고, 얼음 위에 버리니 새들이 날개로 아기를 따뜻하게 덮어주었다. 그리고 한漢 고조高祖 유방劉邦에 이르러 드디어, 건국시조의 탄생설화에 용이 등장하게 된다.

　　유온이 대택의 물가에서 쉬는데, 신과 만나는 꿈을 꾸었다. 그때 천둥 번개가 치며 캄캄해졌다. (고조의 아버지) 태공이 가서 보니, 유온의 위에 교룡이 있었다. 그러고 나서 태기가 있더니 결국 고조를 낳았다.

　　劉媼嘗息大澤之陂, 夢與神遇. 是時雷電晦冥, 太公往視, 則見蛟龍於其上, 已而有身, 遂産高祖.[23]

한 고조 유방은 사실 건국 전에 그의 라이벌이었던 항우項羽에 비하면 출신 배경이 너무나 평범했다. 아버지는 그냥 태공太公이라 불리는 사람이었고, 그 역시 사수정泗水亭이라는 곳의 정장亭長이라는 하급관리였을 뿐이다. 그런 평범한 인물이 한 나라의 건국시조로서 통치 권력을 공고히 하기 위해서는, 그의 권력이 하늘의 뜻이라는 신화적 힘의 보증이 필요했으리라. 그것은 그에게 용이라고 하는 신령스러운 동물 중에서도 가장 신령스러운 존재의 현현epiphany에 대한 일련의 서사로 성취되었다. 심지어 "허구와 망령됨을 질타하고(疾虛妄)"(「일문佚文」)하고 "효험效驗"(「지실知實」)을 중시했던 동한 왕충王充 역시 『논형論衡』에서 「고조본기」의 기록에 대해 이렇게 말했다.

> 용은 상서로운 동물이므로 그것이 몸 위에 올라왔다는 것은 상서로운 징조이며, 천명을 받았다는 증거이다.
> 野出感龍, 及蛟龍居上, 或堯高祖受富貴之命, 龍爲吉物, 遭加其上, 吉祥之瑞, 受命之證也.[24]

한나라 사람들에게 자기들의 건국시조인 유방의 신비한 탄생담은 일종의 상징적 진실로 받아들여지고 있었던 것이다. 이것은 우리가 우리의 시조인 단군이 천신의 아들과 곰이 사람으로 변한 여인 웅녀 사이에서 태어났다는, 판타지적 요소가 다분한 이 이야기를 자연스럽게 수용할뿐더러 민족적 자긍심을 고취시키는 자랑스럽고 신성한 서사

---

**23** 『사기史記』「고조본기高祖本紀」.
**24** 『논형論衡』「기괴奇怪」.

로 간주하는 것과 마찬가지의 양상이라고 할 수 있다. 여기에서 중요한 것은 '사실'이냐 아니냐의 여부가 아니라, 그것이 기꺼이 수용되면서 강력한 상징적 '진실'로서 작용한다는 점이다. 용은 이렇게 한 고조와 결합하였다. 이후 용은 한 고조 유방의 외양과 신변에 나타나는 각종 징조로서 여러 차례 나타난다.

> 고조는 우뚝한 코에 얼굴 모습이 용을 닮았으며 아름다운 수염을 기르고 있었다. (…중략…) 술에 취하여 드러누울 때면 무부와 왕온은 그의 몸 위에 용이 나타나는 것을 보고 기이하게 여겼다.
> 高祖爲人隆準而龍顏, 美鬚髯. (…중략…) 醉臥, 武負王媼見其上有龍怪之.[25]

사실 용이 황제에 비유된 것은 한 고조가 처음은 아니다. 전국시대에 쓰인 『한비자韓非子』「세난說難」을 보면 용의 목 아래 달렸다는 '역린'을 임금의 심기에 비유하는 이야기가 나온다.

> 무릇 용이라는 동물은 잘 길들이면 타고 다닐 수도 있다. 그러나 용의 목 아래에는 직경이 한 자나 되는 거꾸로 박힌 비늘이 있어서 만일 누구라도 그것을 건드리는 자는 용이 반드시 그를 죽인다. 이처럼 임금에게도 거꾸로 박힌 비늘이 있으니 유세자가 임금의 거꾸로 박힌 비늘을 건드리지 않을 줄만 알아도 유세를 잘 한다고 할 수 있다.
> 夫龍之爲蟲也, 柔可狎而騎也. 然其喉下有逆鱗徑尺, 若人有嬰之者, 則必

---

25 『사기』「고조본기」.

殺人. 人主亦有逆鱗, 說者能無嬰人主之逆鱗, 則幾矣.[26]

여기에서 임금(人主)은 용과 마찬가지로 강하고, 따라서 조심해야 할 두려운 존재이다. 하여 용의 역린을 건드리는 것처럼 임금의 심기를 건드리는 것은 대단히 위험한 일이 된다. 하지만 용의 신성성이 직접적으로 황제의 존귀함과 중첩된 것은 아무래도 앞서 보았던 한 고조 유방의 탄생설화부터로 보아야 할 것이다. 그리고 한나라 이후 용을 황제의 권위나 왕권과 연결시키는 전통은 점차 강화되고, 그 방식도 다양화되었다. 연호에 '용龍'자를 사용하는 경우도 있었다. 한漢 선제宣帝은 황룡黃龍이라는 연호를, 동한東漢의 공손술公孫述은 용흥龍興이라는 연호를 사용하여 정치적 어려움을 극복하려고 하였고, 이후에도 사회가 혼란스러운 경우 황룡, 용흥, 청룡靑龍, 용비龍飛, 용승龍升, 용삭龍朔, 신룡神龍 등의 연호를 사용하였다고 한다.[27]

하지만 점차 황제의 권력은 용의 상징을 독점하고 정형화하려는 움직임을 보이며 원대元代에 이르러서는 용 문양을 황실의 전용물로 명문화하게 되었다. 독점과 특화를 통해 신성성과 권위를 극대화시키고, 침범할 수 없는 무엇으로 만들고자 한 것이다. 이런 과정에서 용도 점차 구체화되고 정형화된다.

---

26 중국 용 문화에 대해 국내에서 가장 대표적 연구자라고 할 수 있는 장정해는 전국시대에 이렇게 용을 황제에 비유한 것은 "군왕의 덕성이나 존귀함을 대변해 주었다기보다는 사람들에게 두려움을 주는 군왕의 위세를 부각시킨 것으로 용의 동물적인 형상이 강조된 것"이라고 지적하였다. (장정해, 「선진양한의 신화전설에 나타난 용의 상징의미 고찰」, 『중국학연구』제9집, 1994)

27 정연학, 「용과 중국문화」, 서영대 편, 『용, 그 신화와 문화—세계편』, 민속원, 2002, 51쪽 참고.

오늘날 알려진 중국 용의 정형화된 모습은 대체로 '삼정구사三停九似'라고 일컫는다. 이것은 원래 용을 그리는 방식인데, '삼정'은 용을 그릴 때 붓을 어디에서 세 번(三) 멈춰야(停) 하는지에 대한 기준이고 '구사'는 용의 각 부위가 각기 다른 총 아홉 가지(九) 동물을 닮게(似) 그려야 한다는 것이다. 구사는 "용의 뿔은 사슴, 머리는 낙타, 눈은 귀신, 목은 뱀, 배는 대합, 비늘은 물고기, 발톱은 매, 발바닥은 호랑이, 귀는 소와 닮았다"는 것이다. 이것은 마치 서양에서 중세의 용을 묘사할 때 '목과 발은 독수리 같고, 몸뚱이는 뱀 같고, 날개는 박쥐와 같다'고 하는 것과 유사한데, 그보다 훨씬 구체적이고 정교하다고 할 수 있다.

그런데 구사법은 언제 누가 만든 것일까? 중국 신화학자 허신何新은 「용의 연구(龍的研究)」(『민간문학논단民間文學論壇』, 1987, 4기)에서 동한의 왕부王符가 만들었다고 하였고, 이후 많은 학자들이 구사법은 왕부가 만들었다는 설을 따르고 있다.[28] 이들이 이러한 주장을 하는 근거는 명明나라 이시진李時珍의 『본초강목本草綱目』 권43에 나오는 다음과 같은 기록이다.

『이아익』에서는 이렇게 말한다. "용은 비늘 있는 충蟲들의 으뜸이다." 왕부는 용의 모습에는 구사, 즉 아홉 가지 닮은 것이 있다고 말했다. 머리는 낙타를 닮았고, 뿔은 사슴을 닮았으며, 눈은 귀신을 닮았고, 귀는 소를 닮았으며, 목은 뱀을 닮았고, 배는 대합을 닮았으며, 비늘은 잉어를 닮았고,

---

28 왕충런王從仁의 「용숭배연원논석龍崇拜淵源論析」(『中國文化源』, 百家出版社, 1991)에서도 이런 관점을 견지하였다. 게다가 한국과 일본 학자들 중에도 이 주장을 그대로 따르는 경우가 종종 눈에 띈다.

발톱은 매를 닮았으며, 발바닥은 호랑이를 닮았다. 등에는 81개의 비늘이 있어 9·9 양수를 갖추고 있다. 그 소리는 구리판을 두드리는 것 같다. 입에는 수염이 달렸고 아래턱에는 밝은 구슬을 물고 있으며, 목 아래에는 거꾸로 달린 비늘(역린)이 있다. 머리에는 박산이 있는데 척목이라고도 한다. 용에게 척목이 없으면 하늘로 오를 수 없다. 숨을 내쉬면 구름이 된다. 물로도 변할 수 있고, 불로도 변할 수 있다.

『爾雅翼』云, "龍者, 鱗蟲之長." 王符言其形有九似. 頭似駝, 角似鹿, 眼似鬼, 耳似牛, 項似蛇, 腹似蜃, 鱗似鯉, 爪似鷹, 掌似虎. 背有八十一鱗, 具九九陽數. 聲如戞銅盤. 口有鬚髥, 頷有明珠, 喉有逆鱗. 頭有博山, 又名尺木. 龍無尺木, 不能昇天. 呵氣成云. 旣能變水, 又能變火.

게다가 허신 등은 왕부가 구사법을 만들었다는 것은 나원羅願의 『이아익爾雅翼』에서의 견해라고 여기고, 심지어 『본초강목』의 관련 문장이 『이아익』에서 따온 것이라고 주장하기도 했다.[29] 하지만 2002년에 지청밍吉成名이라는 학자는 「구사법은 과연 누가 제시한 것인가("九似說"的提出者究竟是誰)」(『文史雜誌』 第3期, 2002)에서 꼼꼼한 고증을 통해 이런 견해들이 착오임을 밝혔다. 용 문양이 정형화된 시기 문제는 본고에서 다루는 황제의 용 독점과 관련하여 상당히 중요한 문제이므로 지청밍의 논지를 따라가 보도록 하자. 우선 나원의 『이아익』 권28 '석룡釋龍'조의 원문은 다음과 같다.

---

**29**  何新, 『龍, 神話與眞相』, 上海人民出版社, 1989, 3쪽.

용은 춘분에는 하늘로 오르고, 춘분에는 깊은 물속으로 잠기니 사물 중에 가장 신령스럽다. 『회남자』에서는 "모든 동물(날개달린 것, 털이 난 것, 비늘이 달린 것, 껍질이 있는 것)은 모두 용을 조상으로 한다." (…중략…) **왕부는 이렇게 말했다. "세속에서 용의 모습을 그릴 때 말의 머리에 뱀의 꼬리를 그린다."** 또 '삼정구사'라는 설이 있는데, (삼정은) 머리에서 어깨, 어깨에서 허리, 허리에서 꼬리에 이를 때 그 사이마다 멈추는 것이고, 구사라는 것은 뿔은 사슴을 닮았고, 머리는 낙타를 닮았으며, 눈은 귀신을 닮았고, 목은 뱀을 닮았으며, 배는 대합과 닮았고, 비늘은 물고기를 닮았으며, 발톱은 매를 닮았고, 발바닥은 호랑이를 닮았으며, 귀는 소를 닮은 것이다. 머리 위에는 박산처럼 생긴 것이 달려 있는데 척목이라고 한다. 척목이 없으면 용은 하늘로 오를 수 없다.

龍, 春分而登天, 秋分而潛淵, 物之至靈者也. 『淮南子』言 : 萬物(羽·毛·鱗·介)皆祖於龍. (…中略…) 王符稱 : "世俗畵龍之狀, 馬首蛇尾." 又有"三停九似"之說, 謂自首至膊·膊至腰·腰至尾皆相停也; 九似者, 角似鹿, 頭似駝, 眼似鬼, 項似蛇, 腹似蜃, 鱗似魚, 爪似鷹, 掌似虎, 耳似牛. 頭上有物如博山, 名尺木, 無尺木不能昇天.

이렇게 보면 '삼정구사'설은 왕부가 말한 것이 아니고, 나원도 왕부가 이 설을 제시했다고 말한 적이 없다. 따라서 "또 '삼정구사'라는 설이 있는데"라는 구절 이하를 왕부의 말로 본 것은 이시진의 오해였다고 할 수 있다. 게다가 지칭밍은 여기에서 "세속에서 용의 모습을 그릴 때 말의 머리에 뱀의 꼬리를 그렸다"는 것을 '왕부가 말했다'고 보는 것은 나원의 착오라는 사실까지 밝혀낸다. 그에 따르면 이 문장은 왕부와 동시대인인 왕충의『논형』「용허龍虛」편에서 유래하는데 나원이 작자를 왕충에서 왕부로 잘못 기록하였고, "또 '삼정구사'라는 설이 있다"라고만 하여 삼정구사설을 누가 제시했는지를 명시하지 않았기 때문에 사람들은 왕부가 삼정구사설을 제시했다고 오인하게 된 것이다.[30]

또한 진한秦漢시기부터 수당隋唐시기까지 그려진 용의 모습은 구사설에 부합하지 않고, 주로 네발짐승의 모습을 닮은 것이 많으며, '구사九似'의 특징을 갖춘 용의 모습은 송대 이후에야 유행하였다고 한다. 그렇다면 '구사설'은 누구에 의해 만들어진 것인가? 지청밍의 결론은 오대와 송대에 걸친 유명한 화가인 동우董羽,[31] 그리고 북송의 화가인 곽약허郭若虛이다. 우선 동우는 용 그림으로 이름을 떨친 화가였는데, 이전 화가들의 화법과 자신의 화법을 종합하여『화룡집의畵龍輯議』(960년경)에 용을 그리는 완정한 기법을 서술하였다. 이 책은 사라졌지만『당육여화보唐六如畵譜』에 그 일부가 집록되었다. 여기서 삼정구사에 관련된 대목은 다음과 같다.

용을 그리는 것은 신기의 도를 얻는 것이다. (…중략…) 그 모습은 삼정과 구사로 나뉜다. 머리부터 목까지, 목에서 배까지, 배에서 꼬리까지가 삼정이다. 구사는 머리는 소를 닮았고, 입은 낙타를 닮았고 눈은 새우를 닮았고 뿔은 사슴을 닮았고, 귀는 코끼리를 닮았고, 비늘은 물고기를 닮았고, 수염은 사람을 닮았고, 배는 뱀을 닮았고, 발은 봉황을 닮았으니, 이를 일

---

30 吉成名,「"九似說"的提出者究竟是誰」,『文史雜誌』第3期, 2002, 41쪽.
31 동우의 자는 중상仲翔이고 비릉毗陵(현재 강소성江蘇省 상주常州) 사람으로, 오대五代시기 남당南唐(937~975) 한림대조翰林待詔를 지내다가 후에 송宋나라 도화원예학圖畵院藝學에 들어갔다. 저명한 화가이며 특히 용 그림에 뛰어났다.

컬어 '구사'라고 한다.

> 畫龍者, 得神氣之道也. (…중략…) 其狀乃分三停九似而已. 自首至項, 自項至腹, 自腹至尾, 三停也. 九似者, 頭似牛, 嘴似驢, 眼似蝦, 角似鹿, 耳似象, 鱗似魚, 鬚似人, 腹似蛇, 足似鳳, 是名爲九似也.[32]

동우는 용을 그릴 때 용의 몸을 '머리 / 목 / 배 / 꼬리'의 사이를 세 부분으로 나눠 '삼정'이라고 하고, 머리·입·눈·뿔·귀·비늘·수염·배·발의 아홉 부위의 모습을 설명했다. 이것은 앞서 보았던 『이아익』이나 『본초강목』의 설명과 정확히 부합하지는 않는다. 하지만 이것은 현전하는 기록 중 '삼정'과 '구사'에 대해 명시적으로 설명한 가장 오래된 예라고 할 수 있다.

이후 북송北宋 중기에 곽약허가 『도화견문지圖畫見聞志』(1074)에서 다시 삼정구사설을 다룬다.

> 용을 그리는 데에는 세 번 꺾으며 쉬고(머리에서 어깨, 어깨에서 허리, 허리에서 꼬리까지), 아홉 가지 닮은 것으로 나뉜다(뿔은 사슴을 닮았고, 머리는 낙타를 닮았으며, 눈은 귀신을 닮았고, 목은 뱀을 닮았으며, 배는 대합과 닮았고, 비늘은 물고기를 닮았으며, 발톱은 매를 닮았고, 발바닥은 호랑이를 닮았으며, 귀는 소를 닮았다).

> 畫龍者, 折出三停(自首至膊·膊至腰·腰至尾也), 分成九似(角似鹿·頭似駝, 眼似鬼, 項似蛇, 腹似蜃, 鱗似魚, 爪似鷹, 掌似虎, 耳似牛也).

---

32 劉志雄, 楊靜榮, 『龍與中國文化』人民出版社, 1992, 299쪽에서 재인용.

삼정과 구사의 기본적인 틀은 유사하지만, 구체적인 면에서 조금씩 차이가 난다. 예컨대 삼정을 나누는 기준에서 동우는 '목'이 들어가지만 곽약허는 '어깨'라고 한 것, 구사에 대해서 동우는 목은 언급하지 않고 수염과 입을 언급했지만, 곽약허는 입과 수염은 언급하지 않고 목을 언급하고 발을 발톱과 발바닥으로 나누어 다룬 것 등이다. 그런데 곽약허가 설명한 삼정과 구사는 후에 『이아익』과 『본초강목』에서의 삼정, 구사와 거의 일치한다. 동우의 『화룡집의』, 곽약허의 『도화견문지』, 『이아익』, 『본초강목』에 나오는 삼정, 구사를 순서대로 표로 정리해 보면 아래와 같다.

〈표 1〉 각 문헌에 보이는 삼정설三停說[32]

|  | ① 동우『화룡집의』 | ② 곽약허『도화견문지』 | ③ 나원『이아익』 |
|---|---|---|---|
| 1정停 | 머리~목 | 머리~어깨 | 머리~어깨 |
| 2정停 | 목~배 | 어깨~허리 | 어깨~허리 |
| 3정停 | 배~꼬리 | 허리~꼬리 | 허리~꼬리 |

〈표 2〉 각 문헌에 보이는 구사설九似說

|  | ① 동우『화룡집의』 | ② 곽약허『도화견문지』 | ③ 나원『이아익』 | ④ 이시진『본초강목』 |
|---|---|---|---|---|
| 머리 | 소 | 낙타 | 낙타 | 낙타 |
| 뿔 | 사슴 | 사슴 | 사슴 | 사슴 |
| 눈 | 새우 | 귀신 | 귀신 | 귀신 |
| 입 | 낙타 | × | × | × |
| 귀 | 코끼리 | 소 | 소 | 소 |
| 수염 | 사람 | × | × | × |

---

33 『본초강목』에서는 삼정설에 대한 언급은 없고, 구사법에 대해서만 다루고 있으므로 제외한다.

| | ① 동우 『화룡집의』 | ② 곽약허 『도화견문지』 | ③ 나원 『이아익』 | ④ 이시진 『본초강목』 |
|---|---|---|---|---|
| 목 | × | 뱀 | 뱀 | 뱀 |
| 배 | 뱀 | 대합 | 대합 | 대합 |
| 비늘 | 물고기 | 물고기 | 물고기 | 잉어 |
| 발톱 | 봉황 (발) | 매 | 매 | 매 |
| 발바닥 | | 호랑이 | 호랑이 | 호랑이 |

우선 삼정설의 경우 ①은 '머리(首) / 목(項) / 배(腹) / 꼬리(尾)' 사이에서 세 번을 쉰다고 하였고, ②③이 '머리 / 어깨(膊) / 허리(腰) / 꼬리' 사이에서 세 번을 쉰다고 하였다. 이것은 표현에 조금 차이가 있을 뿐 세 가지가 거의 같은 내용이라고 할 수 있다. 하지만 구사설은 대체로 ①과 ②③④가 대별된다. 크게는 ①에는 ②③④에서는 언급하지 않은 용의 입과 수염에 대해서도 논하고 있는데, ②③④는 ①에 없는 목에 대해 언급하고, 발(足)도 발톱(爪)과 발바닥(掌)으로 나누어 설명하고 있는 점이 눈에 띈다. 그리고 각 부위에 대한 설명에서도 약간 차이가 보인다. 우선 머리 부분을 ①은 소, ②③④는 낙타를 닮았다고 하였다. 하지만 이 점은 ①에서 입이 낙타를 닮았다고 하였으니 전반적인 머리의 모양은 소를 닮았더라도 주둥이가 낙타 모양이라면 ②③④과 큰 차이를 보이는 것은 아니라고 할 수 있다. 뿔은 모두가 사슴을 닮았다고 하였고, 눈에 대해서는 ①이 새우, ②③④가 귀신이라고 하여 서로 다르다. 아마도 전자는 새우처럼 툭 튀어나온 눈을, 후자는 귀신처럼 매서운 눈을 강조한 듯하다. 배를 ①은 뱀, ②③④는 대합이라고 하였는데 대합이라고 한 것은 완만하게 볼록하고 매끈한 모양을 비유한 것으로 보이고, 또한 ②③④에서 목을 뱀 모양이라고 하였으니 이것도 큰 차이는

아니라고 할 수 있다. 실상 가장 큰 차이를 보이는 것은 귀이다. 코끼리의 귀와 소의 귀는 그 모양이나 크기가 확연히 다르기 때문이다.

이렇게 볼 때 현재 전해지는 삼정구사법은 동우가 설정한 초기의 틀에다 곽약허가 약간 수정, 보완한 것이라고 할 수 있으며 이것이 이후 『이아익』이나 『본초강목』에도 전해지게 된 것이라고 할 수 있다.[34] 그런데 『도화견문지』에서 곽약허는 "앞서 논한 삼정구사 역시 많은 사람들이 참된 용의 모습을 잘 몰라서 선대의 장인들이 후세에 전수해준 방법이다(前論三停九似, 亦以人多不識眞龍, 先匠所遺傳授之法)"라고 하였다. 그러므로 곽약허가 단독으로 동우의 삼정구사법을 수정하여 정립시킨 것이 아니라, 동우가 삼정구사법을 제시한 이후로 많은 화가들이 이를 조금씩 수정하거나 변형시켰고 이를 반영하여 완정하게 정리한 사람이 곽약허라고 추측할 수 있다. 그리고 남송 시기 문헌인 『이아익』에서 『도화견문지』와 동일한 삼정구사법을 기록한 것으로 보아 남송대에는 곽약허의 삼정구사법이 널리 수용되었을 것이다.[35]

송대에 이렇게 정립된 용의 생김새는 이후에도 큰 변화 없이 지속된다. 그런데 송대에 용의 생김새가 이렇게 정식화되는 이유는 무엇일까? 필자가 생각하는 이유는 크게 두 가지이다. 첫째, 회화가 대단히 발전하고, 화론 역시 대단히 심오하고 정교해졌던 송대 예술과 학술의 풍토가 한 가지 원인이었을 것이다. 둘째, 보다 중요한 이유로는 한나

---

[34] 지청밍은 위의 글에서 '구사설'의 유래에 대해서만 논하고 있지만, '삼정설' 역시 같은 맥락에서 논할 수 있다고 판단되어 이 책에서는 함께 다뤘다.

[35] 나중에 『회편세전會編世傳』(저자미상, 남송 이후의 작품)나 청淸나라 초기의 장영張英 등이 쓴 『연감류함淵鑒類涵』 권438에도 '삼정구사설'에 대해 기록했는데 머리가 말을 닮았다고 한 것 외에 나머지 내용은 곽약허의 '삼정구사설'과 동일하다.

〈그림 7〉 궁정화가 낭세녕郎世寧이 그린 〈청고종건륭제조복상淸高宗乾隆帝朝服像〉
용포의 가슴, 팔, 옷자락에도 온통 용 무늬이며 자세히 보면 모두 발톱이 다섯 개인 오조룡이
다. 용상의 팔걸이와 등받이도 용 문양으로 장식했고, 발 받침대에도 역시 서로 마주 보고 있는
용 무늬가 새겨져 있다.

라 이후로 용이 황제의 권위와 결합하게 되면서 용의 이미지가 회화나 조각 등에서 대단히 중요하고 권위 있는 테마로 부각되었고, 그리하여 수많은 다양태들이 선택과 배제의 과정을 거쳐 단일화되었으리라는 점을 들 수 있다.

이렇게 단일화된 용의 모습은 원대 이후로 더욱 정교화되었다. 예컨대 『본초강목』에서 보이듯 용의 비늘 수가 양수 9가 겹쳐진(9×9) 81개가 되어야 한다거나, 수염이 어디에 달려 있어야 한다거나 하는 것들이다. 그리고 이 중심에는 원대 이후 용의 이미지를 전유하고자 했던 황제 권력의 부단한 욕망이 자리 잡고 있다.

하지만 이미 각종 신화전설과 예술, 기물, 건축, 민간 풍속에 이르기까지 인기를 끌고 있던 용을 황제만이 독점하는 일은 쉽지 않았다. 그리하여 황제들은 임의로 용 이미지를 사용하는 것을 금지시키는 한편, 황제만의 용으로서의 기호를 고안해 냈는데 그것이 바로 용의 발톱 수였다. 널리 알려진 것처럼 황제를 상징하는 용이 발톱 다섯 개인 오조룡五爪龍이 된 것은 원대에 이르러서이다. 그 이전에 용의 문양을 보면 대부분 발톱이 세 개나 네 개인 삼조룡三爪龍이나 사조룡四爪龍이 많았고, 특히 한대에는 삼조룡이 용의 전형으로 인식되었다고 한다. 그리고 용의 모습이 정형화된 송대에도 용의 발톱은 주로 네 개였다.

원나라 지원至元 7년(1270)에 세조世祖는 해와 달, 용과 봉황의 문양을 직조하거나 판매하는 것을 금지시킨다. 이어서 지원 10년에는 용 문양이 시중에서 유통되는 것을 금지시킨다. 하지만 이 명령이 실효를 거두지 못하자 원정元貞 원년(1295), 황제의 의복에 오조쌍각전신룡五爪雙角纏身龍, 즉 발톱 다섯 개에 뿔이 두 개 달리고 몸을 구불구불 틀고 있는 용의

〈그림 8〉 귀주성貴州省 안순문묘安順文廟 대성문 앞 기둥에 장식된 용. 발톱이 네 개인 사조룡이다. 황제
가 오조룡이라면 제후는 그보다 낮은 사조룡을 쓸 수 있었는데, 공자孔子는 제후와 같은 급으로 받들어졌
기 때문에 사조룡 문양을 쓸 수 있었다. 따라서 문묘에 장식된 용은 사조룡이다.

문양을 넣게 하였다. 아예 황제만이 사용할 수 있는 용 문양이 따로 정해진 것이다. 이후 명청대에도 오조룡은 황실에서만 사용하였고, 관리들의 의복이나 천막에 용봉무늬를 짜거나 수놓는 것은 엄격히 금지되었다. 이렇게 명·청대에 이르러 용은 황제의 상징으로 굳어지게 되었고, 황제의 얼굴을 용안龍顔, 입는 옷을 용의龍衣 또는 용포龍袍, 앉는 자리를 용상龍床, 그리고 황제는 진룡천자眞龍天子라고 부르게 되었다.[36]

지금까지 살펴본 것처럼 용은 신석기시대부터 수천 년 동안 중국의 문학, 예술, 종교, 철학, 풍속 등 각 방면에서 다채로운 이미지와 다양한 의미, 특징을 지니며 신성한 동물로 존재해 왔다. 용은 물속과 하늘을 자유롭게 오가는 존재였고, 몸을 늘였다 줄였다 할 수 있는 변신의 귀재였으며, 물을 관장하는 능력으로 단비를 내려주기도 하고, 물속에서 심술을 부리며 수재를 일으키기도 하고 사람을 해치기도 하는 존재였다. 따라서 용이 나타나는 것은 대단한 길조로도, 혹은 두려운 흉조로도 해석되었다. 하지만 점차 용이 황제의 권력과 결합하면서 송원대 이후로 용의 이 다양태들은 '삼정구사'와 '오조룡'으로 대표되는 단수의 이미지로 정형화되고, 황제의 상징으로 전유되는 길을 걷는다. 그리고 명청대에 이르러서는 황실 가족이 아닌 자가 용의 이미지를 사사로이 사용하였다가는 멸족을 당하는 상황에 이르기도 하였다.

그렇다면 오늘날 중국의 많은 학자들이 주장하는 중화민족 용 토템론은 어디에서 비롯된 것일까? 신석기시대 무덤에 조개껍질 용과 호랑이가 등장한 것으로, 또는 중국 전통문화에서 용이 매우 중시되고 사

---

36 더 자세한 내용은 정연학, 「용과 중국문화」, 서영대 편, 『용, 그 신화와 문화-세계편』, 민속원, 2002, 4절 "용과 왕권" 참고.

랑받았다는 것으로 과연 고대 중국인들이 용에 대한 토템신앙을 가지고 있었다는 증거로 삼을 수 있을까? 도대체 언제부터 용은 중국 민족 모두를 상징하는 동물로, 중화민족의 선조와 같은 위상을 차지하게 된 것일까? 명청시대만 해도 용이 중국인 모두를 상징한다고 하면 큰 화를 입었을 것이고, 19세기 말 20세기 초만 해도 민족의 상징으로 내세워진 것은 용이라는 동물이 아닌 중화민족의 시조 '황제黃帝'였는데 말이다. 2장에서는 이 질문을 풀어가 보자.

# 2장 │용과 중국인│

용은 중국인의 상상과 전설 속에 존재하며, 중화민족이 먼 옛날에 숭배하던 토템이다.

(…중략…)

중국의 용은 갖가지 능력을 구비하고 있으며 자유와 완전함에 대한 중국인들의 선망과 추구를 상징한다. 따라서 중국인은 늘 스스로를 '용의 후예'라고 칭하는 것이다.

— 중국 소학교 5학년 교과서 『소학어문小學語文』
제1장 「용의 후예(龍的傳人)」 중에서

## 1. 토템들의 리그

근 몇 년간 중국에서는 몇 가지 토템론이 각축을 벌이는 양상이 펼쳐졌다. 우선 2004년 출간 이후 중국에서만 300만 부, 해적판까지 하면 1800만 부가 넘게 팔렸다는 장룽姜戎의 『늑대토템(狼圖騰)』을 보자. 이 책은 아시아의 부커상이라고 하는 '맨 아시아 문학상' 제1회 수상작으로 선정되었고, 해외 27개국에서 번역계약을 맺었으며, 현재 세계적인 거장 장 자크 아노Jean-Jacques Annaud 감독이 메가폰을 잡고 영화로 제작 중이라는, 대단한 화제작이다.[1] 그런데 이 책의 의미는 단순히 인기 있는 문학작품에 그치는 것이 아니다. 작가 장룽은 자신의 경험을 바탕으로 쓴 이 자전적 소설에서 농경사회의 유약한 '양羊 정신'이 아닌, 유목사회의 강인한 '늑대 정신'을 중국의 민족성으로 삼아야 한다는 메시지로 중국에서 커다란 사회적 반향과 논란을 일으켰다. 그런데 그 중 필자의 흥미를 끈 것은 책의 말미에 「늑대토템과 지적 탐구」라는 제목으로 천전과 양커의 대단히 '지적인' 대화 속에 등장한 다음과 같은 구절이다.

"늑대토템과 용토템이 초기에는 하나의 토템이었을 가능성이 아주 다분해. 나중에 나온 용토템은 오히려 늑대토템이 변화된 형식에 지나지 않을 수도 있다는 말일세."

---

[1] 이 영화가 준비되기 시작한 것은 몇 년이 지났지만, 2013년 4월 현재 아직 촬영에 들어가지 못했다. 그 이유는 영화에 출연할 실제 야생 늑대들을 훈련시키는 데에만 몇 년이 걸렸기 때문이라고 한다.

"두려움을 느끼게 하는 중화 용의 흉악한 형상은, 최초에는 아마도 그 속에 사람들로 하여금 경외하게 만드는 늑대토템의 정신과 영혼이 깃들어 있었겠지. 중화의 용토템과 늑대토템은 결코 나누어 생각할 수 없는 혈연관계에 있지만, 정신적인 면에서 본다면 중화의 용은 이미 완전히 변질되어 버렸어. 자유로운 늑대는 전제적인 용으로 바뀌었고, **모든 민족의 정신적인 본보기**는 독재자의 화신으로 변해버리고 말았어. 약동하는 생명력을 지녔던 토템은 생명력을 잃고, 용춤을 출 때 뒤집어쓰는 빈껍데기 종이 용으로 타락해버렸지. 용 토템 속에 자리 잡고 있는 봉건제왕의 전제주의 정신을 말끔히 떨쳐버리고, 늑대토템의 자유롭고 강인하면서 진취적인 정신을 새롭게 다시 주입하는 일이 무엇보다 중요한 과제라고 할 수가 있어. 그래야만 미래 중국의 거대한 용은 비로소 전 지구와 우주를 향해 훨훨 날아올라서, 중화민족과 모든 인류를 위한 보다 광활하고 발전된 생존 공간을 개척할 수 있을 걸세."[2]

천전의 말에는 용에 대하여 중국인들이 지니고 있는 사고와 정서를 파악할 수 있는 몇 가지 단서가 담겨 있다. 우선, 용은 "경외하게 만드는" 존재다. 즉 존경스러우면서 두려운 존재다. 그리고 중화의 용도 원래는 "자유롭고" "약동하는 생명력을 지녔던" 토템이었다. 하지만 그것은 "봉건제왕의 전제주의 정신"으로 변질되고 말았다. 거기에 원래 용과 하나였던 늑대의 "자유롭고 강인하면서 진취적인 정신"을 주입하면 "미래 중국의 거대한 용"은 "중화민족과 전 인류를 위해" 훨훨 날아오

---

2   장룽, 송하진 역, 『늑대토템』 2권, 김영사, 2008, 570・583쪽.

를 것이라는 것이다. 『늑대토템』이 출간된 이후 중국에서는 실제로 '양 토템 대 늑대 토템'이 아닌 '용 토템 대 늑대 토템'의 문제가 이슈가 되었다. 이것은 이 책의 편집자였던 안포순安波舜이 서문에서 던진 다음과 같은 질문에서 비롯된다.

중화민족은 늑대의 후예인가, 용의 후예인가?
中華民族是狼的傳人還是龍的傳人?

하지만 천전의 말에서 보듯, 작가 장룽은 늑대 토템과 용 토템을 대결적 관계라기보다 다시 융합되어야 할 화해적 관계로 설정하고 있다. 다시 말해 장룽은 용 토템론을 없애고 늑대 토템론을 세우려했다기보다, 궁극적으로 용 토템에 다시금 생명력을 불어넣기 위하여 늑대 정신의 회복을 촉구한 것이라고 할 수 있다. 하지만 안포순이 던진 질문은 그대로 사회에서 뜨거운 논쟁을 일으켰다.

2년 후인 2006년 중국의 저명한 신화학자 예수셴葉舒憲은 여기서 더 나아가 "늑대토템인가, 아니면 곰 토템인가"[3]라는 질문을 던지기에 이른다. 그리고 예수셴은 이듬해인 2007년, 또 하나의 토템을 둘러싼 커다란 반향을 일으킨 책『곰 토템(熊圖騰)』을 발표한다.[4] 예수셴은 이 책

---

3　葉舒憲,「狼圖騰, 還是熊圖騰?－關於中華祖先圖騰的辨析與反思」,『長江大學學報』第29卷 第4期, 2006.

4　葉舒憲,『熊圖騰－中國祖先神話探源』, 上海錦繡文章出版社, 2007. 중국인이 '곰의 후예'임을 주장한 예수셴의 이 문제작은 예상대로 한국학자들과도 논쟁을 일으켰다. 대표적인 논쟁을 살펴볼 수 있는 논저로는 우실하의『동북공정 너머 요하문명론』(소나무, 2007), 김선자의「홍산문화의 황제 영역설에 대한 비판－곰 신화를 중심으로」(『동북아 곰 신화와 중화주의 신화론 비판』, 동북아역사재단, 2009), 이유진의「예수셴의『곰 토템』, 왜 문제적인가?」(『중국어문학논집』77호, 2012) 등이 있다.

〈그림 9〉 홍산문화유적에서 발견된 옥룡

에서 북방 홍산紅山문화가 중화민족의 시조 황제黃帝 유웅씨有熊氏와 관계있는 황제족의 근거지였으며, 그들은 곰 토템 부족이었다는 주장을 펼친다. 그 근거는 홍산문화에서 발견된 옥웅룡玉熊龍과 같은 유물이다. 그런데 '옥웅룡'이라는 이름에서 짐작할 수 있듯 예수셴 역시 용을 버리지는 못한다. 그의 궁극적 목적은 곰 토템론으로 용 토템론을 대신하고자 하는 것이 아니다. 그는 "화하 제1 토템동물 — 용은 발생학적 의미에서 볼 때 곰과 직접적인 관계가 있다"고 하며, '곰의 후예'는 '용의 후예' 중에서 당연히 중요한 일부분을 차지한다고 말한다.[5] 그는 결코 중화민족이 용의 후예라는 믿음을 손상시킬 마음이 없었다. 그는 오히려 중화민족의 연원이 홍산문화 시기까지 거슬러 올라갈 수 있을

---

5    葉舒憲, 「狼圖騰, 還是熊圖騰? — 關於中華祖先圖騰的辨析與反思」, 20쪽.

정도로 매우 깊고 오래다는 것을 역설하려 했다고 볼 수 있다. 이런 속내는 그의 다음과 같은 말에서 감지할 수 있다.

> 만약 중국 다민족문화융합의 과정에서 비교적 보편적인 숭배물을 찾는다면, 의심할 여지없이 용을 첫 번째로 꼽을 것이다. 하지만 두루 알다시피 용은 현실 속에 실제로 존재하는 동물이 아니다. 아득한 옛 신화속의 허구적 생물로서 용은 당연히 그 환상적 이미지의 유래나 기초가 있을 것이다.[6]

즉 용이 현실의 동물이 아니라면, 분명 그 원형이나 유래는 현실 속의 동물일 것이라는 발상이다. 그렇다면 역사적으로 그 유래는 더 거슬러 올라갈 수 있는 것이 된다. 사실 용의 원형을 현실의 어떤 동물에서 찾으려는 시도는 이들 전에도 여러 학자에 의해 시도가 되었고, 그 대표적인 예가 허신何新의 '악어설'[7]이라고 할 수 있다. 여기에서 상상적 존재가 꼭 현실에서 유래해야만 하는 것인지, 그리고 그것이 역사적으로 실재하는 특정 동물을 원형으로 하는 것인지는 일단 논외로 하자. 이 책의 맥락에서 중요한 것은 장룽이나 예수셴의 예에서 볼 수 있듯 늑대 토템론이나 곰 토템론이 등장하기 전에 중국에는 이미 용 토템론이 굳건하게 자리를 잡고 있었다는 사실이다. 하지만 우리가 1장에서 살펴본 것처럼 청 제국이 멸망하기 전까지 용은 황제의 상징으로

---

6　葉舒憲, 위의 글, 18쪽.
7　허신은 "용은 중국 고대에 확실히 존재했던 동물이다. 이른바 '용'은 고대인의 시각으로 볼 때 악어나 도롱뇽 내지 도마뱀류 동물의 총칭이었다"라고 주장하였다.(何新, 『談龍』, 中華書局, 香港, 1989, 200쪽) 하지만 이전에 그는 용의 실체가 뱀이 아니라 "물과 구름을 형성하는 본체"로서 "용의 原始意象은 구름의 형상에서부터 왔다"고 주장하기도 하였다. (何新, 洪熹 역, 『神의 起源』, 동문선, 1990, 100~102쪽)

독점되어 왔고, 중화민족이 용의 후예라거나 용 토템 부족이라는 주장은 찾아볼 수 없었다.

용이 중국인의 마음속에서 오랜 세월동안 지고무상의 위치를 차지하고 있다는 것은 의심의 여지가 없다. 용에 대한 중국인의 사랑은 어느 나라 사람들보다도 각별하다. 하지만 정말 용은 중화민족의 토템이었을까? 여기서 토템이란 무슨 의미일까? 그리고 용은 언제부터 중화민족의 토템으로 자리 잡은 것일까?

## 2. 토테미즘 연구사

오늘날 토테미즘이라고 불리는 현상을 발견하고 '토템'이라는 말을 서구세계에 처음으로 알린 것은 존 롱John Long이라는 모피 상인이었다. 그는 북아메리카 원주민들과 모피 거래를 하던 무역상이었는데, 1791년에 『한 인디언 통역자의 항해와 여행*Voyages and Travels of an Indian Interpreter*』이라는 책을 통해 '토템totem'[8]에 대해 이렇게 설명했다.

> 야만인들의 종교적 미신 중 하나는 그들 각자가 자신을 돌보아준다고 믿는 토템totem, 즉 수호 정령*favorite spirit*을 지니고 있다는 것이다. 그들은 이 토템이 동물 등의 형태를 취하고 있다고 생각한다. 그러므로 동물의 모습을 취하고 있다고 생각되는 토템을 죽이거나 사냥하거나 먹어서는 안 된다.[9]

---

8 '토템totem'이라는 말은 원래 북아메리카 오지브와족의 '오토테만ototeman'에서 유래했으며, '오토테만'은 '그는 나의 친척이다'라는 뜻이다.

모피를 거래하는 상인이었으니만큼, 사람이 동물과 맺고 있는 신앙체계나 관습에 관심을 가지게 된 것은 당연한 일이었을 것이다. 게다가 특정한 동물을 죽이거나 잡아먹어서는 안 되는 금기를 가지고 있는 부족과의 거래에서, 그 금기에 대한 이해는 필수적이었을 것이다. 하지만 무역상이 소개한 이 관습은 점차 학계의 관심을 끌게 된다. 처음에는 북아메리카 관련 연구자들을 중심으로 '토템'이라는 용어가 차츰 퍼졌지만, 1841년에 출판된 조지 그레이George Grey의 『오스트레일리아 서북부와 서부 발견의 탐험기Journals of Two Expeditions of Discovery in North-West and Western Australia』가 출판되면서 오스트레일리아 원주민들에게도 이와 유사한 신앙체계가 발견된다는 사실이 알려졌고, 이후 토테미즘은 더욱 학계의 주목을 받게 되었다. 그리고 이들의 관심 속에서 토테미즘은 원시적 신앙체계이자 종교형태로 부각된다.

무엇보다 '토테미즘'이라는 말이 본격적인 학술용어로 등장하게 된 것은 1869년부터 1870년까지 맥레넌J.F. McLennan의 글 「동식물 숭배The Worship of Animals and Plants」가 『포트나이틀리 리뷰Fortnightly Review』에 연재되면서부터라고 할 수 있다. 그는 토템이 "태곳적부터 동물이나 식물에 부여된 아메리카 인디언 부족의 이름이며, 각각의 부족들은 성스럽거나 성화된 동물이나 식물을 갖는다"[10]고 설명하였다. 그는 종교의 발달 과정에서 인격신을 숭배하기 이전에 토테미즘 단계가 존재한다

---

**9** John Long, *Voyages and Travels of an Indian Interpreter and Trader : Describing the Manners and Customs of the North American Indians*, London : Printed for the auther and sold by Robson, 1791, p.86. 방원일, 「원시종교 이론에 나타난 인간과 동물의 관계」, 『종교문화비평』 21호, 청년사, 2012, 203쪽에서 재인용.

**10** John Ferguson McLennan, "The Worship of Plants and Animals(1)", *Fortnightly Review* 6, p.408. 방원일, 위의 글, 205쪽에서 재인용.

고 보고, 토테미즘이 고대 신화들의 기초가 되었다고 주장하였다.

많은 논자들이 지적하듯 맥레넌은 토테미즘을 일종의 동식물 숭배로 보았고, 이런 점은 그가 말하는 토테미즘이 동물숭배나 애니미즘, 페티시즘 등과 잘 구분되지 않게 만들었다. 하지만 진화론적 시각에서 이른 바 '고등 종교'의 기원으로서 '원시 종교'를 찾고자 하는 그 당시 학계의 움직임에 따라 토테미즘론은 다른 종교기원론들과 각축을 벌이며 19세기 말, 20세기 초 서구의 종교학계에서 핵심적인 주제가 되었다.

이후 토테미즘은 모건L. H. Morgan,[11] 스미스Robertson Smith[12] 등을 거쳐 토템의 사회통합과 구별의 기능, 희생제의와 음식문화와의 관계 등에서 다각도로 조명된다. 유명한 종교학자이자 신화학자인 프레이저 James George Frazer는 『황금가지Golden Bough』(1890)에서는 토테미즘을 유럽의 민속들과 연결시켜 설명하였고, 『토테미즘과 족외혼Totemism an Exogamy : A Treatise on Certain Early Forms of Supersition and Society』(1910)을 발표하여[13] 동일한 토템에 속하는 사람은 서로 성적인 관계를 갖지 않는다는 주장을 펼치기도 하였다.

그런데 이들에게 토테미즘은 동시대인에게 발견된 '원시종교'로 간주되었으며, 그것은 달리 말해 문명화된 자신들과 구분되는 야만의 흔

---

11 모건은 『고대사회Ancient Society』(1877)에서 토테미즘이 한 사회를 통합하면서 다른 사회와는 구별 짓는 도구가 된다는 점에 주목하였다. 그의 연구대상은 아메리카의 북부와 중부의 원주민들이었다.

12 스미스는 『초기 아라비아의 친족과 결혼Kinship and Marriage in Early Arabia』(1885)에서 토테미즘이 인간과 동식물 사이의 유사성을 전제로 하고 있음을 설명했고, 『셈족의 종교 The Religion of the Semities』(1889)에서는 토테미즘이 희생제의를 통한 한 부족의 음식 원칙과 관련된다고 주장했다. (박상준, 「토테미즘의 재발견 – 생태학적 토테미즘에 대하여」, 『종교문화비평』 9호, 청년사, 2006, 56쪽 참고)

13 프레이저는 또한 1879년에 『브리태니커』의 '토테미즘' 항목을 집필하고, 1887년에는 『토테미즘』이라는 소책자를 발간하기도 하였다.

〈그림 10〉 에밀 뒤르켐(1858~1917)

적이었다. 예컨대 프레이저는 토테미즘의 근저에 '원시인의 미신'이 놓여 있다고 보았다. 즉 그것은 20세기 초까지 서구학자들에게 '동물과 인간을 구별하지 못하는 무지'의 소산으로 비춰졌고, 이러한 논의는 "원시인과 현대인의 사유방식이 질적으로 다르다는 전제를 강화하는 역할을 했다"[14]고 할 수 있다.

이러한 타자화 담론으로서의 고전적 해석에서 벗어나 토테미즘 연구에 중요한 전환점을 이룬 학자로는 프로이트Sigmund Freud와 뒤르켐Émile Durkheim을 들 수 있을 것이다. 프로이트는 『토템과 터부Totem und Tabu』(1913)에서 신경증 환자의 사고방식과 토테미즘적 사고방식의 유

---

14 방원일, 앞의 글, 212쪽.

사성에 주목하고, 족외혼과 토템 살해나 음식 금기 등에 착안하여 오이디푸스 콤플렉스에서 근친상간과 친부살해에 대한 금기를 토테미즘과 관련시켜 설명하고자 하였다.

　프로이트가 심리학 분야에서 토테미즘 이론을 개진하였다면, 뒤르켐은 사회학적 시각으로 토테미즘을 다룬다. 그는 『종교생활의 원초적 형태 The Elementary Forms of the Religious Life』(1916)에서 기존의 여러 가지 종교기원론을 검토한 후, 그 중 토테미즘이야 말로 가장 원초적인 종교라고 주장한다. 그리고 토테미즘의 신앙체계와 이러한 신앙의 기원 등에 대해 논한다. 그는 토템적 힘 또는 토템적 신앙의 본체를 '마나'라고 하며, 이런 힘에 대한 관념은 사회로부터 나온 것임을 밝힌다. 그리하여 결국 그의 유명한 '종교의 기원은 사회'라는 주장을 도출하고, 이후 보다 발전된 종교에서의 영혼이나 신에 관한 관념 또한 토템적 본체에서 나온 것이라고 보았다.[15] 뒤르켐의 설명이 전반적으로 진화론적 용어로 표현되긴 했지만, 그의 논지는 책의 후반부로 갈수록 점점 기능주의적 색채를 강하게 띤다. 즉 그는 우주론적 질서가 사회적 질서에 바탕을 두고 구성되며, 토테미즘에서 의례는 참가자의 마음속에 그 질서를 심어주는 역할을 한다고 보았다. 특정 토템이 의례활동의 대상이 되는 것은 그것이 사회적 집단을 표상하기 때문이라는 것이다.[16] 뒤르켐은 또한 원시적 사고와 과학적 사고 간의 연속성도 발견한다. 그리고 여기서 우

---

15  에밀 뒤르켐, 노치준·민혜숙 역, 『종교 생활의 원초적 형태』, 민영사, 1992.
16  이에 대해 래드클리프-브라운은 「토테미즘에 관한 사회학적 이론」(1929)에서 반대로 주장한다. 하나의 토템이 한 집단을 나타내도록 선택되는 것은 그 토템이 이미 의례적으로 중요하기 때문이다. 그러나 일단 선택되고 나면 의례, 토템의 상징, 집단의 결속력 간의 상호관계가 중요해진다. 즉 토테미즘은 자연을 이용한 상징주의가 유난히 발달한 것이다. 이 논문은 그의 『원시사회의 구조와 기능』(1952)에 수록되었다.

〈그림 11〉
레비-스트로스(1908~2009)

리는 레비-스트로스의 구조주의적 토테미즘론를 예감할 수 있다.

　문명인의 사고와 미개인의 사고가 본질적으로 다르다는 환상을 해체한 레비-스트로스Claude Lévi-Strauss는 미개인의 사고를 '구체의 과학'이자 '신화적 사고'라고 부르고, 이런 신화적 사고의 한 예로 토테미즘을 든다. 그는 토테미즘이 분류체계를 형성하는 기초로서 그 논리 구조를 반영하며, 나아가 집단 구성원의 행위를 금하기도 명령하기도 하는 윤리적 기초라고 보았다. 그것은 "동물이나 식물의 명칭, 해당 동식물에 대한 금기, 명칭이나 금기를 같이하는 인간 사이의 결혼 금지 등 삼자의 동시 존재로 정의되는 것"[17]이었고, "분류라는 일반적인 문제의 한 특수 사례"로서 "사회 분류를 체계화하는 데 있어서 종명種名이 빈번히 담당하는 역할의 한 예에 지나지 않는" 것이었다. 레비-스트로스는 토테미즘을 여성의 교환과 음식물의 교환 등이 균형을 이루도록

---

**17**　레비-스트로스, 안정남 역, 『야생의 사고』, 한길사, 1996, 126쪽. 여기서 한 가지 유의할 점은 레비-스트로스는 음식물 금기가 토테미즘의 변별적 특징이 아니며, 다른 체계를 통해서도 나타날 수 있다고 보았다는 사실이다. 이것은 프로이트가 친부살해와 근친상간 금기와 연결시켜 토테미즘의 토템 음식물 금지와 족외혼을 설명하려 했던 것과 상치되는 점이라고 할 수 있다.

조절하여 문화와 자연의 조화를 꾀하는 조절장치의 기능을 하는 것으로 해석하였다. 즉 "자연적 분류체계가 인간 집단을 문화적 단위로 분화시키는 역할을 담당하는"[18] 것이다. 여기에서 문화와 자연의 상동성은 다음 그림에서 보는 것처럼 '차이의 상동성'이며 이것이 외혼제 토템집단의 '순수 토템구조'가 된다.[19]

자연 :　　 종1　 ≠ 　종2 　≠ 　종3 　≠ 　…종n

문화 :　　 집단1　 ≠ 　집단2　 ≠ 　집단3　 ≠ 　…집단m

이렇게 볼 때 토테미즘에 관한 논의는 뒤르케임을 기준으로 그 이전의 진화론적 해석과, 이후의 구조주의적 해석으로 나뉜다고 볼 수 있다. 이에 대해 방원일은 다음과 같이 적절히 설명하였다.

초기 종교학의 진화론적인 논의에서 토테미즘은 동물에 대한 숭배, 동물과 인간의 구분 능력의 부족, 종교 진화의 최초의 단계 등의 의미를 가졌다. 이 의미들은 여러 담론의 층위에서 수용되었지만, 기본적으로 낯선 그들을 우리와 구분하려는 논의로서 전개되었다는 공통점을 지닌다. 토테미즘은 타자인 동물과 타자인 원시인을 같은 전선에 배치하는 이론이었다. 그러나 초창기 토테미즘의 타자화 담론으로서의 성격은 이론적 발전을 통해서 극복되어 갔다.[20]

---

18 박상준, 앞의 글, 61쪽.
19 레비-스트로스, 앞의 책, 186쪽 참고.
20 방원일, 앞의 글, 220쪽.

이상의 논의를 종합해볼 때 토테미즘은 '씨족이나 그에 상응하는 혈연관계를 가진 집단의 사람들이 스스로를 특정한 동물이나 식물 등과 친족적 관계를 지닌다는 사고와 그에 바탕한 사회문화체계' 쯤으로 정의내릴 수 있을 것이다. 토템은 종종 씨족의 이름이 되고, 문장紋章 기호로 상징화 된다. 또한 그것은 사회의 분류체계의 근거가 되며 혼인, 음식물, 수렵 등의 규칙을 규정하기도 한다. 토테미즘은 주로 아메리카와 오스트레일리아, 아프리카의 원주민들에게서 나타난다. 진화론적 입장에서는 오늘날의 이른바 문명화된 민족들도 오랜 옛날에 토테미즘의 단계를 거쳤다고 여겨진다. 하지만 그런데 위에서 거론한 여러 학자들이 연구대상으로 삼은 사람들은 농경·목축 민족들이 아니라, 고도의 수렵사회 사람들이다. 따라서 토테미즘을 지구상의 모든 민족이 문명화 전 단계에 거쳤던 종교형태라고 보는 것은 무리이다. 그리고 동식물과 친족적 유대감을 지니는 신앙체계를 다 토테미즘이라고 칭하는 것도 지나친 일반화라고 할 수 있다.

그렇다면 중국에서 토테미즘 이론은 어떻게 수용되었는가? 그리고 중국인은 용의 후예라고 할 때 학문적 근거로 드는 '중화민족 용 토템론'에서 토템은 어떤 의미를 지니고 있는가?


## 3. 1930년대 토테미즘 연구와 홍수남매혼 신화

중국에서 처음으로 '토템'이라는 말이 쓴 사람은 옌푸嚴復였다. 그는 에드워드 젠크스Edward Jenks(1861~1939)의 *A History of Politics*를 번역한

『사회통전社會通詮』(1903)에서 'totem'이라는 단어를 '투텅(圖騰, tuteng)'으로 옮겼다.[21] 하지만 한동안 이 단어는 중국학계에서 그리 주목받지 못하다가, 1929년 모건의『고대사회』가 번역 출판되면서 북아메리카 원주민들의 토테미즘 관련 자료들이 중국 학계에 알려졌다. 그리고 1932년 후위지胡愈之가 번역한 모리스 베송Maurice Besson의『토테미즘(圖騰主義)』[22]이 출판된다. 이후 마르셀 그라네M. Granet의『고대 중국의 춤과 전설들(古中國的跳舞與神秘故事)』,[23] 골든와이저A. A. Goldenweiser의『토테미즘(圖騰主義)』[24] 등 토테미즘 관련서적들이 중국에 소개되면서 점차 중국학계의 토테미즘 연구는 열기를 띠게 된다.

특히 토테미즘은 황원산黃文山, 구제강顧頡剛, 궈모뤄郭沫若, 리쩌강李則剛, 천자우岑家梧, 웨이쥐셴衛聚賢 등 중국 고대의 역사와 민족의 기원을 밝히고자 한 학자들에 의해 집중적으로 활용되었다.[25] 이런 현상에 대해 스아이둥施愛東은 "신해혁명 이후 20여 년이 지나고 중화민족의

---

21 옌푸는 또한 이 책에서 토템에 대한 자신의 해석을 덧붙였다. "토템은 만이蠻夷의 표식으로 스스로 자신의 무리를 다른 무리와 구별하는 것이다. 북아메리카의 적적赤狄, 오스트레일리아의 토인土人들은 종종 새와 짐승, 곤충과 물고기, 또는 풀과 나무의 형태로 스스로를 드러내는 표지로 삼았다."(甄克思 著, 嚴復 譯,『社會通詮』, 1903, 商務印書館, 3~4쪽)

22 Maurice Besson, Le Totémisme, éditions Rieder, Paris, 1929. 중국에서는 1932년 후위지의 번역으로 개명서점開明書店에서 출판하였다.

23 Marcel Granet, Danses et Légendes de la Chine Ancienne, Paris : F. Alcan, 1926.

24 Alexander A. Goldenweiser, Totemism : An Analytical Study, Houghton Mifflin, 1910.

25 예컨대 황원산은「중국고대사회의 토템문화(中國古代社會的圖騰文化)」에서 "중국고대 사회에 토템문화 단계가 있었는가에 대해서는 아직 아무도 답한 사람이 없으며, 이는 반드시 연구되어야 할 문제이다"라고 말했다. 그는 토테미즘은 전세계가 공유하는 현상이라고 생각했다. 이것은 토테미즘을 종교의 보편적 기원으로 파악했던 당시 다수의 서구 학자들의 생각과도 상통하는 것이었다. 그러므로 중국에도 당연히 토테미즘 단계가 있어야 한다고 여겨졌고, 따라서 황원산은 동식물뿐 아니라, 영웅, 색깔 까지도 토템으로 간주하며, '염제炎帝 신농씨神農氏, 황제黃帝 헌원씨軒轅氏도 토템의 이름이며, 황제는 황색黃色을 토템으로 하는 부락의 수장일 것이라는 등의 주장을 펼쳤다.

독립자강의 서광이 여전히 보이지 않을 때 중국은 어디에서 왔으며, 어디로 가는가하는 중국의 민족역사문제가 점차 뜨거운 화제가 되었"고 그 와중에 토테미즘 연구 역시 돌연 큰 열기를 띠게 되었다고 한다.[26] 특히 1930년대에 일본의 중국 침략이 본격화되면서 중국 지식인들 사이에는 전 민족이 단결하여 일본에 저항해야 한다는 의식이 강하게 공유되고 있었고, 토테미즘은 이 시기에 중국의 민족학·인류학과 결합하게 된다.

이렇게 국가 민족을 위기에서 구해야 한다는 이른바 '구망救亡'의식은 당시 중국학자들로 하여금 토템을 민족의 기원이자 상징이며 민족 정신의 담지체로 이해하게 하였다. 그리고 토템은 상징적 의미의 '선조'와 거의 동의어처럼 받아들여졌다. 이러한 맥락에서 장량푸姜亮夫는 「은하민족고殷夏民族考」[27]를 통해 '용과 봉황 토템설'을 제시하였고, 린후이샹林惠祥[28]은 화하華夏민족은 꽃 토템, 즉 '화인花人'이라고 주장하기도 하였다.[29] 그러나 학자들은 불안하고 격동하는 시대 상황에서 각자의 토템설들을 내놓았을 뿐, 그에 대한 상호 검토나 토론은 제대로 이루어지지 않은 듯하다.

어쨌거나 '토템'이라는 단어는 당시 고대사 연구에서 가장 인기 있는

---

**26** 施愛東, 「龍與圖騰的耦合─學術救亡的知識生産」, 『傳說中國』, 2011, 11쪽.

**27** 이 글은 『民族月刊』에 발표되었다고 하지만, 전란으로 사라졌다. 하지만 황원산黃文山의 「中國古代社會的圖騰文化」(『黃文山學術論叢』, 臺灣中華書局, 1959)에서 그 일부를 인용하며 소개하고 있고, 후에 장량푸가 보론으로 「夏殷兩民族若干問題彙述」을 집필하면서 그 중 '하민족은 용에 속하는 민족이다'라는 내용을 담은 것을 참고할 수 있다.

**28** 린후이샹林惠祥(1901~1958)은 복건성福建省 진강晉江 출신으로 저명한 인류학자이자 고고학자, 민속학자, 신화학자이다. 『文化人類學』, 『中國民族史』, 『蘇門答臘民族志』, 『婆羅洲民族志』, 『民俗學』, 『世界人種志』, 『神話論』 등의 저서를 남겼다.

**29** 林惠祥, 『中國民族史』 上冊, 商務印書館, 1936, 48~49쪽. 여기에서 린후이샹은 화하華夏의 '華'는 '花', '夏'는 '人'으로 해석하였다.

키워드 중의 하나였다. 특히 1930년대에 가장 유행했던 방식은 중국의 성씨 가운데 동물이나 식물 등의 자연물과 관련이 있는 것을 중국 고대 토템 사회의 증거로 삼는 것이었다. 예를 들어 역사학자 뤼전위呂振羽[30]는 『선사시기 중국사회연구(史前期中國社會研究)』(人文書店, 1934)에서 이렇게 말했다.

중국의 현재 성씨姓氏 중에도 원시토템명칭의 흔적을 적지 않게 보존하고 있다. 예컨대 마馬, 우牛, 양羊, 저猪, 오鄔, 오烏, 봉鳳, 매梅, 이李, 도桃, 화花, 엽葉, 림林, 하河, 산山, 수水, 운雲, 사沙, 석石, 모毛, 피皮, 용龍 (…중략…) 등이 그러하다.

위 문장에서 볼 수 있듯이 뤼전위에게 '용'은 토테미즘의 흔적을 담고 있는 수십 가지 성씨 중 하나일 뿐이었다. 토테미즘 연구에서 두각을 드러냈던 리보쉬안李伯玄에게도 마찬가지였다. 그는 "성姓은 토템이고, 토템집단은 또한 원시종족으로, 역사시대 가족의 전신前身"이라는 입장을 가지고 있었다. 그는 『중국 고대사회의 새로운 연구(中國古代社會新研)』[31]에서 3분의 2이상을 할애하여 중국 고대의 토템과 그에 관련된 사회제도를 고찰하였는데, 이 책에서 언급한 수십 종의 토템 중 그가 가장 중점적으로 다룬 것은 봉황 토템과 현조 토템이었고, 용 토템

---

**30** 뤼전위呂振羽(1900~1980)는 호남성湖南省 무강武岡(지금의 소양현邵陽縣) 출신의 역사학자이다. 이름은 뎬아이典愛, 자는 싱런行仁, 학명이 전위振羽이다. 마르크스주의적 역사관에 입각하여 중국의 경제사, 사회통사, 사상사, 민족사 등을 연구하여 『史前期中國社會研究』, 『殷周時代的中國社會』, 『中國政治思想史』, 『簡明中國通史』, 『中國民族簡史』, 『史學研究論文集』 등을 남겼다.
**31** 이 책은 1949년 開明書店에서 출판되었지만 원래는 1940년에 출판 예정이었다고 한다.

에 대해서는 거의 언급하지 않았다. 이렇게 중국의 초창기 토템론에서 용은 그렇게 중심적으로 다뤄진 적이 없었다.

'중화민족 용 토템론'을 본격적으로 제시한 것은 원이뒤聞一多[32]가 처음이었다고 할 수 있다. 『복희고伏羲考』라고 알려진 저작을 통해서였는데, 사실 『복희고』는 원이뒤가 1940년대 초부터 발표한 일련의 논문들을 그가 세상을 떠난 후 주쯔칭朱自淸 등이 『원이뒤전집聞一多全集』을 펴낼 때 '복희고'라는 제목으로 묶어낸 것이다. 여기에는 서론과 ① 「인수사신상을 통해 용과 토템을 논하다(從人首蛇身像談到龍與圖騰)」, ② 「전쟁과 홍수(戰爭與洪水)」, ③ 「한족과 묘족의 종족관계(漢苗的種族關係)」, ④ 「복희와 조롱박(伏羲與葫蘆)」,[33] 이렇게 네 편의 논문이 수록되었다. 제목에서 알 수 있듯이 서남 소수민족(특히 묘족)의 홍수신화와 한족의 복희·여와 신화의 관계를 고찰한 것이다. 그런데 이 중 '중화민족 용 토템론'이 등장한 것은 「인수사신상을 통해 용과 토템을 논하다」이다. 이 논문은 『복희고』 전체 분량의 3분의 2 정도를 차지할 정도의 대작이다.

---

32  원이뒤聞一多(1899~1946)는 20세기 전반 중국의 유명한 시인이자 학자이다. 본명은 자화家驊, 자는 유싼友三이며, 호북성湖北省 희수현浠水縣에서 태어났다. 청화학교淸華學校를 졸업하고 1922년부터 미국에서 유학하며 미술과 문학을 공부하였다. 귀국 후 중산대학中山大學, 청화대학淸華大學, 서남연합대학西南聯合大學 등에서 교편을 잡으며 중국고전문학에 대한 연구 및 중국신화와 민속학 방면에 주요한 논고들을 남겼다. 신월사新月社의 일원으로 '신월파' 시인으로 불린다. 1943년 이후 국민당의 부정부패나 내전에 반대하는 투쟁을 벌이다가 1946년 7월 15일 리궁푸李公朴 추모대회에서 연설을 하고 귀가하던 길에 곤명昆明의 숙소 앞에서 국민당 특수공작원이 쏜 총탄에 맞아 세상을 떠났다. 유작으로 그의 친구였던 주쯔칭朱自淸 등이 편집한 『원이뒤전집聞一多全集』 8권(1948)이 있다.

33  이 중 ②와 ③은 문일다 생전에 발표되지 않은 원고이며, 특히 ③은 미완 원고이다. ①은 1942년 『인문과학학보人文科學學報』 제1권, 제2기에 발표되었고, ④는 1948년 9월 『문예부흥文藝復興』 '중국문학연구 특집호(中國文學研究專號)'에 발표되었다.

이 논문이 쓰인 때는 일본의 침략에 맞서 '민족통합'에 대한 강한 내적 요청이 일어났던 항전抗戰 시기이다.[34] 7 · 7사변 후 중국 국토의 반이 일본에 짓밟히자 북방과 연해지방의 많은 대학들이 전란을 피해 중국의 서남부로 옮겨갔다. 중앙연구원中央研究院은 사천성四川省 남계현南溪縣으로 옮겨갔고, 북경대학北京大學 · 청화대학淸華大學 · 천진天津 남개대학南開大學은 운남성雲南省 곤명시昆明市로 옮겨가 함께 서남연합대학西南聯合大學을 이뤘다. 이렇게 하여 중국의 서남부는 항전기 중국 학술의 중심지가 되었고, 민족학 · 고고학 · 사회학 · 역사학 · 민속학 연구자들의 관심은 자연스레 서남부 소수민족에게 집중되었다. 특히 30년대 후반에는 주요 소수민족의 하나인 묘족苗族에 대한 관심이 커졌고, 이들에 대한 인류학적 조사와 이를 바탕으로 한 많은 논고들이 쏟아져 나왔다.

그런데 이들의 관심은 주로 묘족과 한족의 연관성, 혹은 동일기원론을 만드는 데 있었다. 이것은 앞서 말한 중국 지식인들의 '구망救亡'의식, 전 민족이 단결하여 외세의 침탈에 맞서야 한다는 애국애족 정서의 발로였다고 할 수 있다. 「인수사신상을 통해 용과 토템을 논하다」 또한 이 성과들의 연장선상에 있다. 원이둬도 스스로 밝히고 있듯이

---

[34] 항전기의 민족 담론을 이해하기 위해서는 1930~1940년대 중국의 '변강'의식을 살펴볼 필요가 있다. '변강'이라는 개념은 청말 민초, 전통적 천하관념에 균열이 생기고 하나의 민족국가이자 영토국가인 중국으로 재편해야 할 시기에 등장하였다. 즉 잃을 수도 있는 것에 대한 위기감이 포착한 개념이었다. 그리고 변강의 위기에 대한 인식은 1930년대 전반 일본의 만주분할, 뒤이은 중일전면전의 발발로 더욱 심각해졌다. 변강연구를 위한 정부 기구 및 학회와 간행물 등이 쏟아져 나온 것은 1930년대부터였다. 『우공禹貢』, 『변정공론邊政公論』, 『신아세아新亞細亞』를 비롯하여, 현재 확인되는 이 시기 변강관련 잡지도 약 20여 종에 이른다. 박상수, 「중국 근대 '민족국가nation-state'의 창조와 '변강 문제」, 안병우 외, 『중국의 변강 인식과 갈등』, 한신대 출판부, 2007, 307쪽, 주 52 참고.

이 논문 집필의 직접적 기반이 된 것은 뤼이푸芮逸夫의 「묘족의 홍수고 사와 복희·여와의 전설(苗族的洪水故事與伏羲女媧的傳說)」과 창런샤常任 俠의 「중경 사평파 출토 석관화상연구(重慶沙坪坡出土之石棺畵像硏究)」, 이 두 편의 논문이었다.[35] 뤼이푸는 1933년의 묘족 현지조사를 통해 수집한 두 편의 홍수 이야기, 그리고 현지의 묘족 사람이 보내준 「나공 나모가難公難母歌」와 「나신기원가難神起源歌」[36]를 비교한다. 이를 통해 그는 이 네 편의 공통적인 중심모티프가 '오늘날의 인류는 홍수에서 살 아남은 남매의 결합을 통해 생겨난 자손'이라고 한다. 이런 패턴의 이 야기는 보통 '홍수 후 남매혼 신화' 또는 줄여서 '홍수남매혼 신화'라고 부르는데 중국 서남부 뿐 아니라 동남아시아나 한국까지 넓게 분포하 여 전승된다. 그 기본적인 줄거리는 이렇다.

남매와 함께 살고 있는 한 아버지가 어느 날 뇌공과 싸우다 뇌공을 붙잡아 집에 가둔다. 아버지는 외출을 하면서 뇌공에게 절대로 물을 주지 말라고 남매에게 당부한다. 갈증에 죽어가는 뇌공을 가엽게 여긴 남매가 아버지의 말씀을 어기고 약간의 물을 뇌공에게 주자 뇌공이 엄청난 괴력으로 탈출한 다. 탈출하면서 남매에게 씨앗(주로 조롱박 씨앗)을 주고 하늘로 올라간다.

---

**35** 뤼이푸의 논문은 1938년『人類學集刊』, 제1권, 제1기에 실렸고, 창런샤의 논문은 1939년 에 『時事新報·學燈』 제41기와 제42기, 1940년에『說文月刊』제1권, 제10기·제11기 통 합호에 실렸다. 이밖에 吳澤霖의 「苗族中祖先來歷的傳說」(『革命日報·社會旬刊』第4~ 5期, 1938), 楚圖南의 「中國西南民族神話之研究」(『西南邊疆』 1·2·7·9期, 1938~ 1939), 馬長壽의 「苗瑤之起源神話」(『民俗學研究集刊』第2期, 1940), 陳國鈞의 「生苗的人 祖神話」(『社會研究』第20期, 1941) 등도 묘족의 홍수남매혼 신화를 다룬 논문들이다.

**36** 나공과 나모는 호남湖南, 호북湖北, 사천四川, 귀주貴州, 운남雲南 등지에서 모시는 한 쌍의 신이며 함께 나신難神이라고 부른다. 종종 목조 두상으로 만들어지며, 나례難禮 또는 나 제難祭라고 하는 제사의식에서는 이들의 탈을 쓰고 역귀를 쫓곤 한다.

남매가 씨앗을 심자 거기에서 커다란 박(조롱박)이 열린다. 한편 복수심에 불타는 뇌공은 하늘로 올라가 홍수를 일으킨다. 온 세상이 물에 잠겨 모든 사람이 죽지만 조롱박 속에 몸을 숨긴 남매 두 사람은 살아남는다. 남매는 (맷돌 던지기, 동서로 나누어 달리기, 향 피우기 등으로) 신의 뜻을 묻고, 그 뜻에 따라 결혼한다. 그 사이에서 고기덩어리(또는 손발이 없는 괴상한 태아)가 태어나 조각내어 버리자 그 하나하나가 사람이 되었다.

그런데 뤼이푸는 여기서 「나공나모가」에 나오는 오빠의 이름이 '복희伏羲'라는 것에 착안하여 묘족이 받드는 나공儺公·나모儺母 남매가 바로 한漢 화상석畫像石[37]에 보이는 복희·여와女媧라고 주장한다. 그리고 이것을 묘족苗族과 한족漢族의 교류가 오래되었음을 보여주는 증거로 삼는다. 그런데 그의 입장은 '이러한 홍수남매혼 이야기가 중국 서남부에서 기원하여 사방으로 전파되었을 것이며, 묘족에서 기원했을 가능성이 크다'는 것이었다. 또한 이런 이야기들 대부분은 남매를 그냥 남매라고만 하지 '복희·여와'와 비슷한 이름으로 등장하는 경우는 극소수이다. 뤼이푸도 이후에 이 점에 대해 이렇게 설명한 바 있다.

아마 상당 부분 묘족이 한족의 이야기를 구술하기도 했을 것이다. 왜냐하면 상서湘西(호남성 서부) 일대에는 한족과 묘족이 섞여 살게 된 지 이미 오래되었기 때문이다. 또한 묘족 중 우수한 구성원들 상당수가 근 백 년 동

---

[37] 화상석이란 한漢(기원전 202~기원후 220) 시대에 무덤이나 사당 내부 벽과 천장에 그림이 새겨진 돌을 말하며, 그런 그림을 '화상'이라고 하는데 여기에는 무덤 주인 생전의 생활이나 사후세계, 그 당시의 종교관이나 신화를 담고 있는 내용들이 주로 새겨져 있다.

〈그림 12〉 산동 무량사 출토
화상석의 〈복희여와도〉

〈그림 13〉 귀주민족학원 서남 나희문화연구소에 전시되어 있는 나공 나모상

안 한화漢化 교육을 받으며 한족의 이야기를 익히 들어왔다. 따라서 그들이 구술하는 이야기들에 한족의 요소가 섞이거나 한족에서 기원한 이야기들이 있을 수밖에 없는 것이다.[38]

하지만 창런샤는 「중경 사평파 출토 석관화상연구」에서 뤼이푸의 견해를 지지하면서 거기서 더 나아간다. 이 글은 제목과 달리 사평파 석관화상에 대한 분석보다는, '화상석의 인수사신상人首蛇身像이 복희 · 여와이고, 그들은 묘족 · 요족瑤族 홍수전설에 나오는 남매이며, 복희는 묘족 · 요족의 또 다른 조상으로 알려진 반호槃瓠와 음이 통하며, 반호는 한족의 신 반고盤古라는 주장에 집중하고 있다. 결국 한족 · 묘족 · 요족 모두 반고의 후예라는 동일기원설로 나아간 것이다.[39]

이들의 견해는 이미 무리가 많았다. 뤼이푸가 지적하듯 묘족 홍수남매혼 신화에서 남매의 이름이 복희 · 여와라고 명시되는 경우는 극히 드물고, 그것은 묘족이 한족과 섞이면서 한화된 이후에 생긴 변화라고 보는 것이 더 합리적이다. 하지만 『복희고』는 이들 연구를 집대성 하고 심화한다. 그리고 거기에서 한 단계 더 나아가 중화민족 용 토템론까지 확장해 나간다.

---

38  凌純聲 · 芮逸夫, 『湘西苗族調査報告』, 民族出版社, 2003, 164쪽.
39  뤼이푸와 창런샤의 논의에 대한 자세한 내용은 홍윤희, 「1930년대 중국의 인류학과 苗族 신화연구에 있어서의 '민족' 표상」, 『中國語文學論集』, 2007, 405~406 · 409쪽 참고.

## 4. 원이둬의 중화민족 용 토템론

원이둬는 「인수사신상을 통해 용과 토템을 논하다」에서 뤼이푸와 창런샤의 글에서 다룬 인류학 자료 25개 항목을 소개하고, 이 중에서 다시 홍수유민 고사 49조를 추출해낸다. 이 49조의 이야기를 바탕으로 ① 인수사신人首蛇身神, ② 두 마리 용의 전설, ③ 토템의 변천, ④ 용 토템의 우세한 지위, 이렇게 네 절로 나누어 논의를 펼친다.[40]

그는 우선 뤼이푸 · 창런샤와 마찬가지로 한족의 복희 · 여와 인수사신상을 묘족 홍수신화의 남매와 연결시킨다. 그는 그 연결고리를 보강하기 위해 『산해경山海經』이나 『장자莊子』 등의 문헌 기록을 동원하여 거기에 등장하는 연유延維나 위사委蛇를 복희 · 여와라고 하는 무리한 주장을 펼친다. 그가 이렇게 무리할 수밖에 없었던 이유는 분명하다. 한족의 복희 · 여와 교미상에서는 '홍수'라는 요소가 빠져 있고, 묘족의 홍수남매혼 신화에는 '인수사신人首蛇身'이라는 요소가 없기 때문이다. 그 이후에는 인수사신과 조금이라도 관련이 있다고 생각되는 한족 문헌상의 두 마리 뱀이나 두 마리 용에 대한 이야기를 다 동원한다. 심지어 교룡蛟龍이나 쌍두사雙頭蛇까지도 '교미하는 두 마리 뱀'으로 해석한다. 그래서 이런 전설들이 다 공통적 근원을 지니며, 이들이 바로 복희 · 여와, 연유 · 위사의 기원이 된다고 보았다. 특히 여기에는 앞서 토테미즘으로 중국 고대사를 연구했던 학자들의 영향이 보인다. 예컨대 하나라 왕궁 뜰에 '포襃'의 시조가 되는 두 마리 용이 나타났다고 하는

---

40  각 절에서의 자세한 논의는 「聞一多『伏羲考』의 話行과 抗戰期 신화담론의 민족표상」, 『中國語文學論集』 제55호, 2009 참고.

〈그림 14〉 원이둬(1899~1946)

『국어國語』「정어鄭語」의 기록은 장량푸姜亮夫가「은하민족고殷夏民族考」에서 하夏민족의 토템이 용이었다고 하는 주장의 영향을 받은 것이라고 할 수 있다. 다만 원이둬는 이 두 마리 용도 '교미하는 용'이라고 해석하며 복희 · 여와, 그리고 묘족의 남매에까지 연결시키고자 한 것이다.

그렇다면 인수사신신人首蛇身神에 대한 신화는 어떻게 생겨났는가? 그것에 대한 원이둬의 대답이 바로 '토테미즘'이다. 이것은 원이둬가 신화가 토테미즘의 산물이라고 하는 그 당시 토템 이론을 수용한 결과라고 할 수 있다. 그리고 이어서 그의 유명한 용 토템론이 펼쳐진다.

용은 도대체 어떤 존재인가? 우리의 답안은 이렇다. 용은 일종의 토템으로, 토템 속에서만 존재하고 생물계에는 존재하지 않는 일종의 허구적 생물이다. 왜냐하면 **용은 수많은 다른 토템이 혼합되어 이루어진 일종의 종합**

**체**이기 때문이다.

부락의 겸병으로 생겨난 혼합 토템과 관련하여, 고대 이집트에는 그 확실한 예가 있다. 중국 역사에서 오방수五方獸 중 북방의 현무는 본래 거북과 뱀, 두 동물이 합쳐진 것인데, 이 역시 좋은 예이다. 차이점은 이러한 것이 몇 개의 토템 단위로 병존하고 있는데 각 단위의 개별 형태는 여전히 변하지 않고 있다는 점이다. 그러나 용은 많은 단위들이 융화작용을 거쳐 하나의 새로운 큰 단위를 형성했으며 그 단위들은 더 이상 개별적으로 존재하지 않았다. 전자는 혼합식 토템, 후자는 **화합식 토템**이라 부를 수 있다. 부락은 강한 것이 약한 것을 겸병하고, 큰 것이 작은 것을 겸병하게 마련이다. 혼합식 토템 중에서도 하나의 주요 생물이나 무생물이, 그 기본 중심 단위로 작용하고, 화합식 토템 중에서도 역시 하나의 생물이나 무생물의 형태가 중심이 되고, 나머지 약간의 생물이나 무생물 형태는 부가 성분이 된다. **용 토템은 부분적으로 말을 닮기도 하고 개를 닮기도 하며 물고기를 닮거나 새를 닮거나 사슴을 닮기도 하지만 어쨌든 그 중심부분과 기본 형태는 역시 뱀이다.** 이것은 처음 여러 가지 토템 단위가 난립하던 시대에 뱀을 토템으로 삼던 부족이 그 중 가장 강대했기 때문에 **여러 가지 토템의 합병과 융화는 이 뱀 토템이 무수한 약소단위를 겸병하고 동화시킨 결과이다.**[41]

사실 용이 토템이 된다는 것은 현존하는 동식물 등의 자연물이 토템이 된다는 원칙에 벗어나는 일이다. 원이둬도 지적하듯 용은 사람들의 상상이 만들어낸 '허구적 생물'이기 때문이다. 하지만 그는 용은 각 부

---

41 원이둬, 홍윤희 역, 『복희고』, 소명출판, 2013, 69~70쪽.

분을 이루는 현실의 동물들의 조합으로 이루어진 것이고, 그것은 역사적으로 여러 가지 토템 부족의 합병과 융화의 결과라고 해석한 것이다. 여기에는 몇 가지 주의해야 할 점들이 있다. 우선 그가 들고 있는 각 부분의 동물, 즉 '말, 개, 물고기, 새, 사슴 그리고 뱀'은 정확히 일치하지는 않지만 앞서 1장에서 살펴본 '구사법九似法'과 같은 발상에 착안했으리라는 점은 분명해 보인다. 문제는 구사법과 같이 용의 각 부분이 여러 동물의 모습을 닮았다는 견해는 토템 합병시대에 생겨난 것이 아니라 송대宋代에 생겨났다는 점이다.

둘째로 그가 이렇게 화합식 토템론을 제시하게 된 것은 스아이둥도 지적하듯이 린후이샹의 관점에 촉발된 것이라고 할 수 있다. 린후이샹은 『중국민족사』에서 이런 주장을 한 바 있다.

중국의 여러 민족의 계열들은 한 계열을 중심 줄기(主幹)로 하여 다른 여러 계열들이 그 줄기에 더해 들어갔고, 그 후 그 명칭들이 소멸하고 중심 줄기의 명칭만 사용하게 되었다.[42]

특정 토템을 지닌 부족들이 서로 합병하는 일은 물론 가능한 일이다. 하지만 그렇게 합병하여 국가의 형태를 이룬 후의 상징물 역시 '토템'으로 부를 수 있는가는 의문의 여지가 있다. 하지만 원이둬에게도 '토템'은 '민족정신의 상징'이자 '국가의 상징'과 다른 말이 아니었다. 그리하여 용 토템론은 다음과 같은 주장으로 이어진다.

---

[42] 林惠祥, 앞의 책, 39쪽.

대개 토템이 합병되기 전에는 이른바 용이라는 것은 단지 일종의 큰 뱀일 뿐이었고, 이 뱀을 '용龍'이라고 부르기도 했다. 나중에 이런 큰 뱀을 토템으로 하는 집단Klan이 다른 많은 토템 부족을 겸병·흡수했고, 큰 뱀은 비로소 짐승의 네 다리, 말의 머리, 갈기와 꼬리, 사슴의 뿔, 개의 발톱, 물고기의 비늘과 수염을 받아들였고, 그리하여 우리가 현재 알고 있는 용이 탄생한 것이다.[43]

여기에서 원이둬가 일반적인 이해와 같이 용의 발톱을 '매의 발톱'이라 하지 않고, '개의 발톱'이라고 한 점에 주목할 필요가 있다. 원이둬는 『복희고』에서 창런샤의 견해를 수용하며 요족 신화에 등장하는 개의 모습을 한 왕 '반호槃瓠'와 한족의 시조 '반고'가 같은 신이라는 주장을 펼치는데, '개의 발톱'을 언급한 것은 이 점을 염두에 둔 것으로 보인다. 하지만 다른 어떤 부분보다 몸통을 이루는 뱀을 부각시키며, 뱀은 용의 원형이고 중화민족은 용 토템부족인 제하諸夏가 다른 이적夷狄들을 합병한 결과라는 결론을 도출한다.

이 종합식 용 토템부족이 포괄한 하부단위는 아마 고대에 소위 '제하諸夏'와 적어도 그들과 동성인 몇몇 이적夷狄이었을 것이다. (…중략…) **중국의 문화는 결국 용 토템부족의 제하諸夏를 기초로 삼는다.** 용족龍族의 제하문화라야 중국의 진정한 본위문화이다. 그래서 수천 년 동안 중국은 스스로를 "화하"라고 불러왔고, 역대 제왕은 모두 용의 화신이라 했으며, 용을 그 상

---

**43** 원이둬, 앞의 책, 70쪽.

징 부적으로 삼아 그들의 깃발, 궁실, 수레와 복식, 기물 등 일체의 것들에 모두 용의 무늬가 조각되거나 그려졌다. 결국 **용은 중국인들의 건국 상징이** 다. 민국 성립에 이르러 군주제가 소멸됨에 따라 이 관념도 버려지게 되었 다. 그러나 버려졌다고 말하는 것은, 실제로 버려진 것이 아니다. 바로 정 치체제에 있어서 민주주의가 군주제를 대체했듯이, **종전에 제왕의 상징이 었던 용이 현재는 모든 중국인의 상징으로 변한 것이다.**[44]

원이둬가 그렇게 무리수를 두어가며 용 토템론을 주장한 동기가 여 기에서 드러난다. 그는 결국 "용 토템부족의 제하" 즉 한족의 문화가 중 국의 본위 문화이며, 용은 '건국'의 상징이자 '중국인'의 상징이라는 언 명으로 민족정신을 고취시키고자 한 것이다. 이렇게 볼 때 원이둬는 사 실 토테미즘에 대한 다각노의 정교한 이론이 필요하지 않았다. 그는 단 지 '토템'이라고 하는 이 새로운 개념이 필요했다. 그것은 그의 주장에 이른바 '과학적'이라고 하는 학문의 외피를 입혀줄 것이었기 때문이다. 원이둬가 이 글에서 모리스 베송이나 뒤르켐 등을 거론하긴 하지만, 그 방식은 상당히 단장취의에 가깝다. 1930~1940년대 중국의 토테미즘 논자들 대부분이 그렇긴 했지만, 이들은 서양 학자의 이름을 빌어다가 '토템'이라고 하는 이 새로운 개념에 자신들의 상상력과 민족구망 의식 을 더하여 중국의 고대사를 '주조'하는 작업을 했다고 할 수 있다.

원이둬의 용 토템론에 대해 스아이둥은 동양에서 숭배되는 허구적 생물인 용과 서양학문에서 원시시대 우매한 시기의 대명사인 토템이

---

[44] 원이둬, 앞의 책, 83쪽.

라는 개념이 결합되었다고 하면서, 다음과 같이 신랄하게 비판하였다.

일본이 중국을 침략했을 때 애국주의에서 비롯된 시대적 필요가 학술구국에 열심이었던 지식인들로 하여금 이 두 가지의 결합을 강행하게 하여 '용토템'의 상상공동체, "교육적 가치"가 있는 '헛소리'를 만들어냈다.[45]

하지만 자기 시대의 요청에 완전히 자유롭거나 무심할 수 있는 지식인이 얼마나 될까? 내전과 국가의 존망 위기에 놓였던 항전기 중국 지식인이 서남부에서 마주친 '내 안의 타자들'은 어떻게든 한 가족으로 끌어들여야 할 대상이었다. 원이둬는 그 시대의 공동체적 요청에 충실했다. 그는 실제로 「복희와 조롱박」에서 이렇게 말한 바 있다.

어떤 이야기의 사회적 기능과 교육적 의의는 민족단결의식을 강화시키는 데 있다.[46]

'민족통합'과 그 중심에 한족漢族이 놓인 동일 기원설에 원이둬가 동참하는 데 있어서 '용'은 매우 매혹적인 아이템이었다. 그 자체로 말, 개, 물고기, 새, 사슴, 뱀이라는 서로 이질적인 타자들을 구유하고 있는 존재였기 때문이다. 이 성질이 포착된 이상, 용이라는 상상의 동물은 더 이상 상상이 아니라 그 자체로 민족 기원의 현장이었다. 문제는 이것이 이후 학문에 미치는 영향이다. 어떤 '헛소리'라도 학문의 외피를

---

**45** 施愛東, 앞의 글, 6쪽.
**46** 원이둬, 앞의 책, 142쪽.

쓰고 모종의 계기를 통해 권위를 부여받게 되면 그 권위를 해체하는 것은 만만한 일이 아니다. 원이둬의 용 토템론도 마찬가지이다.

원이둬의『복희고』에 대한 중국학계의 해석은 대단히 관대한 편이다. 일각에서는 원이둬가 용 토템을 '발명'했다는 비판이 없지 않지만, 대체로 원이둬는 방법론에 있어서나 관점에 있어서 중국신화연구의 큰 진전을 가져왔다고 평가된다.『신화학의 역정(神話學的歷程)』을 쓴 첸밍쯔潛明玆는 20세기 중국 신화학을 대표하는 학자로 루쉰魯迅, 마오둔茅盾, 구제강顧頡剛, 위안커袁珂와 함께 원이둬를 꼽을 정도이다. 그러다보니『복희고』역시 20세기 신화연구의 경전적 저작이자 중국민족의 '용 토템론' 확립에 가장 중요한 학술적 기반을 제공한 성과로 자리잡게 되었다. 중국 전통문학이나 훈고학에 정통했던 원이둬가 현대 인류학과 민속학 이론이나 자료를 결합하여 선진시대 전적을 새롭게 해석한 결과가 바로 이「인수사신상을 통해 용과 토템을 논하다」를 위시한『복희고』라는 것이다.

하지만 이 논문과『복희고』는 사실 1980년대까지 중국에서 거의 학계의 주목을 받지 못했다. 이 논문이 실린『인문과학학보人文科學學報』는 그 당시 서남연합대학과 운남대학의 학자들이 조직한 결사에서 펴낸 간행물이었는데 그 사회적 영향은 크지 않았다고 한다. 천쟈우岑家梧의「중국민족의 토템제도와 그 연구사략(中國民族的圖騰制度及其研究史略)」에서도 이 논문은 부록인 '토템연구서목'에 다른 논문들과 함께 제목만 실렸고, 그 내용은 전혀 거론되지 않았다. 또 궈모뤄郭沫若의「청동시대靑銅時代」(1945)에서도 은나라 사람의 토템은 오랑우탄猩猩이라고 주장하며 원이둬의 논문을 전혀 참고하지 않고 있다. 이밖에도 토템론을 다룬 많은 학자들 역시 원이둬의 관점을 받아들이지 않고, 이전과 마찬가지로 여러 가지 토템들에 대한 견해들이 제기되고 있었다.

그렇다면『복희고』의 구체적인 논의나 중화민족 용 토템론은 일정한 검토와 비판을 거쳐 상당 부분 기억 속에 묻힐 수도 있었을 것이다. 학문보다 더 강력하게 민족의 정서를 뒤흔드는 특별한 무언가가 용을 깨우지 않았다면 말이다.


## 5. 우리는 모두 용의 후예(龍的傳人)라네

멀고먼 동방에 한 줄기 강이 흐르니, 그 이름 다름 아닌 장강이라네
멀고먼 동방에 한 줄기 강이 흐르니, 그 이름 다름 아닌 황하라네
아직 아름다운 장강을 본 적 없지만, 늘 장강에서 노니는 신의 꿈을 꾸네
장엄한 황하의 소리를 들어 본 적 없지만, 콸콸 세찬 물결소리 꿈속에서
들리네

오랜 동방에 한 마리 용이 있으니, 그 이름 다름 아닌 중국이라네
오랜 동방에 사람들이 있으니, 그들은 전부 용의 후예라네, 전부가 용의
후예라네
거대한 용의 발 아래 내가 자라고, 장성하여 용의 후예가 되었네
검은 눈동자, 검은 머리카락, 누런 피부, 영원토록 용의 후예라네

— 중국가곡〈용의 후예(龍的傳人)〉중에서

이 노래를 모르는 중국인은 찾기 어려울 것이다. 그리고 요즘 중국의 젊은이들에게 이 노래를 부른 가수가 누구냐고 묻는다면 십중팔구 왕리훙王力宏이라고 답할 것이다. 왕리훙은 영화 〈색·계〉(2007)의 광위민 역으로 한국에도 잘 알려진 중화권의 인기가수이자 배우이다. 그리고 중국에서 가장 큰 명절인 춘절春節, 즉 음력설에 전 세계의 중국인이 다 시청한다는 CCTV의 유명한 갈라쇼 '춘절연환만회春節聯歡晚會'의 단골 출연자이기도 하다. 그는 이 무대에서 늘 〈용의 후예〉를 부른다.

하지만 원래 이 노래는 대만 정치대政治大 학생이었던 허우더젠侯德健의 노래였다. 그가 이 노래를 만들고 이 노래가 중국인 모두에게 사랑받게 된 데에는 대단히 드라마틱한 내력이 있다. 1978년 12월 16일 아침, 허우더젠은 친구로부터 깜짝 놀랄 소식을 듣고 잠에서 깬다. '미국이 대만과 국교를 단절했다'는 소식이었다. 모두들 미국에 대한 배신감을 느끼고 있을 때, 허우더젠은 조금 다른 분노를 느꼈다고 회고한다. 그의 분노는 1840년 아편전쟁 이후 중국인이 받아왔던 외압, 그리고 그 산물이라고 할 수 있는 중국과 대만 양안의 갈등에 대한 분노이기도 했다. 그 심정을 허우더젠은 노래 한 곡에 담았고 가곡 〈용의 후예〉는 그렇게 세상에 나왔다.

그 당시는 대만에서 대학 캠퍼스를 중심으로 민가 운동이 성행하던 시기였다. 허우더젠의 이 노래는 당시 대만의 유명한 민가 가수 리젠푸李建復가 처음 불러 음반으로 제작되었고 이후 빠르게 퍼져 나간다. 이 노래가 지닌 잠재력을 감지한 국민당 정부도, 음반이 발매되고 열흘 후 대만『연합보聯合報』에 〈용의 후예〉 가사 전문을 싣는다. 그렇게 이 노래는 대만 곳곳에 울려 퍼지게 된다.

그런데 이 시기 대만은 계엄상태에 처해 있었다. 따라서 노래를 발표하는 것도 '신문국新聞局'의 심사를 받아야 했고 일부 노래 가사도 수정되어야 했다. 그리고 얼마 지나지 않아 허우더젠은 이 노래로 인하여 정치적 압박을 받게 된다. 당시 장경국蔣經國 정부의 대변인이자 1979년에 신문국장에 임명된 쑹추위宋楚瑜는 성공령成功嶺에서 군사훈련 중이던 대만대학 신입생들을 대상으로 강연을 했는데, 강연의 제목이 바로 "용의 후예(龍的傳人)"였다. 그는 원래 가사의 세 번째 단락 뒤에 한 단락을 더 달아 '자강불식自强不息의 투지'를 표현하고자 하였다. 가사에 "격동하는 환경에 처해도 놀라지 않으리라(處變不驚)", "엄숙하고 공손하게 자강하리라(莊敬自强)" 등의 가사를 덧붙였고 신문국은 음반회사를 통해 이렇게 가사를 수정할 뜻을 허우더젠에게 전달했다. 그는 '받아들일 수 없다'는 뜻을 전했다. 이 노래를 국민당의 정치 구호로 삼고 싶었던 쑹추위는 허우더젠과 리젠푸 두 사람을 사무실로 불러 회유하려고도 하고, 허우더젠의 스승과 선배들을 불러 그를 설득하도록 도와줄 것을 청하기도 했지만 그들은 오히려 쑹추위에게 마음을 돌려주기를 청했다고 한다.

여러 모로 국민당의 압박을 받으며 신변의 위협을 느끼게 된 허우더젠은 1983년 계엄상태의 대만을 빠져나와 홍콩 신화사新華社의 도움으로 영국을 거쳐 북경北京으로 망명한다. 그리고 대만에서 〈용의 후예〉는 1987년까지 금지곡이 되었다.[47]

북경에 온 그는 '동방가무단東方歌舞團'에 들어가 몇 년 동안 〈용의 후

---

47  이상 허우더젠이 〈용의 후예〉를 작곡하게 된 자세한 배경에 대해서는 기자 姜弘, 보도기사 「侯德健−"紅歌"〈龍的傳人〉是怎樣煉成的」, 『南方周末』, 2011.5.23 참고.

예〉를 불렀다. 민족과 조국에 대한 격정에 가득 찬 이 노래는 대륙에서
도 대단한 환영을 받는다. 이후 홍콩가수 장밍민張明敏을 비롯하여 많
은 가수들이 이 노래를 불렀고, 국가적 행사나 각종 연회에서 〈용의 후
예〉가 불리게 된다. 1985년 중국의 최대 명절인 춘절을 앞둔 그믐날 저
녁, 춘절연환만회48에서 황진보黃錦波는 서서히 무대 위로 올라 〈용의
후예〉를 불렀다.

> 그들은 모두 용의 후예라네. (…중략…) 영원토록 용의 후예라네.

이후 〈용의 후예〉는 점차 중국의 국민가요의 위치를 차지하게 된다.
황진보의 공연은 절묘한 시점에 펼쳐진 민족주의적 스펙터클로서 대
단한 여파를 일으킨 것이다. 이 노래가 1980년대 중국에서 이렇게 큰
환영을 받았던 데에는 경적적 가사와 음악 자체가 주는 감동도 있었을
테지만, 그보다는 문화대혁명이라는 악몽에서 깨어난 중국이 다시금
중국전통문화를 재조명하며 '기원'에 대한 관심과 민족주의적 전통을
추구해가던 당시의 시대 분위기가 주요 원인으로 작용했다고 할 수 있
다. '문화열文化熱'49이라는 말은 1980년대의 이러한 풍조를 잘 드러내
는 말이라고 할 수 있다.

---

48 춘절연환만회는 중국CCTV가 해마다 음력 섣달 그믐날 저녁에 음력설을 경축하며 거행
   하는 종합예술쇼이다. 춘절연환만회는 연출규모, 출연자 범위, 방송 시간 및 중국 국내
   외 관중의 시청률에 있어서 중국세계기록 협회 세계 종합예술쇼 세계 최고 기록을 가지
   고 있으며, 중국 세계기록협회 세계 시청률 최고의 종합예술쇼이며, 세계적으로 방송 시
   간이 가장 긴 종합예술쇼, 세계적으로 출연자가 가장 많은 종합예술쇼이기도 하다.
49 '문화열'이란 1979년 개혁개방 이후 1980년대 중국 학술계에서 일어난 문화에 관련된 대
   토론을 가리키는 말이다. 이 때 인간의 존엄과 가치에 대한 관심이 폭발적으로 일어나며,
   '철저재건론', '비판계승론', '유학부흥론', '신유학론' 등이 서로 각축을 벌인다.

한편 1988년에는 용의 해를 맞이하여 CCTV 춘절연환만회에서 이 노래의 작곡가인 허우더젠이 직접 이 노래를 불러 큰 호응을 받기도 했다. 당시 허우더젠이 이 노래를 부르는 장면은 현재 인터넷을 통해서도 어렵지 않게 찾아볼 수 있다. 그중 특히 재미있는 것은 허우더젠이 노래를 부르기 전에 사회자가 그에게 돌발 질문을 던지는 부분이다.

중국인은 왜 이렇게 용에 대해 각별한 애정을 가진다고 생각하시나요?

그 순간 허우더젠은 다음과 같이 대답한다.

열두 띠 동물 중에 다른 열한 가지 동물들은 모두 하느님이 창조한 것이지만, 오직 용은 중국인 스스로의 상상으로 창조한 것입니다. 중국인이 용의 해에 더 많이 새로운 창조를 하기 바랍니다.

이 얼마나 재치 있는 답변인가! 열두 띠 동물 중 나머지 동물들이 모두 현실에 실재하는 동물들이지만 용은 상상의 동물이라는 점에 착안하여, 용은 중국인이 창조한 것이라고 말한 것이다. 아마 그 순간 중국인들은 용의 창조는 마치 하느님이 다른 동물들을 창조한 것에 비견될 만큼 가치 있는 일이라는 자부심을 느꼈을 것이다. 하지만 허우더젠과 그의 노래 〈용의 후예〉는 그가 춘절만회에서 이 노래를 부른 이듬해 또 다른 역사의 소용돌이에 휘말린다.

1989년 봄, 베이징 천안문天安門 광장에 학생들과 시민들이 모여든다. 그해 4월 중국 전총서기이자 개혁가였던 후야오방胡耀邦[50]의 사망

〈그림 15〉 후야오방(1915~1989)

들-계기로 모여든 이들은 광장에서 민주화를 외쳤다. 그런데 4월 중순
부터 천안문 광장이 피로 물든 6월 4일 새벽까지 이들이 가장 많이 부
른 노래는 〈인터내셔널가The Internationale〉[51]와 다름 아닌 〈용의 후예〉

---

50  후야오방胡耀邦(1915~1989)은 호남성湖南省 장사長沙 출신의 개혁파 정치인이다. 마오
    쩌둥과 주더가 이끄는 홍군에 가담하였고, 중화인민공화국 성립 이후 지방의 당과 행정
    기관 등에서 일하다, 1977년 중국공산당 조직부장을 맡고 마오쩌둥 사후, 덩샤오핑의 지
    원을 받아 중국 최고 지도부의 한사람으로 떠올랐으며, 1981년에는 중국공산당 주석을
    맡았다. 이후 주석직이 폐기되고 총서기제가 도입되면서 그는 1987년까지 총서기로 있
    은 뒤 퇴진했고, 1989년에 심근경색으로 사망하였다.

51  〈인터내셔널가〉는 저명한 민중가요이자 전 세계 사회주의자, 공산주의자 등 사회운동
    가들이 즐겨 부르는 노래이다. 원곡은 1871년 파리 코뮌 시절에 노동계급 출신이었던 으
    젠 포티에Eugène Pottier 작사, 피에르 드제이테Pierre Degeyter 작곡으로 만들어졌다. 〈라 마
    르세예즈〉가 프랑스 국가로서 프랑스 혁명 이후 이어져온 자코뱅식 애국주의 전통을 상
    징한다면, 〈인터내셔널가〉는 자코뱅주의와 더불어 프랑스 정치사의 양축을 이루는 사
    회주의 전통을 상징하는 노래이다. 이 노래는 전 세계로 퍼져나가 수십 개 언어로 번역
    되었으며, 러시아에서는 한때 소비에트 연방의 국가로 채택되기도 하였다. 북한에서는
    〈국제공산당가〉라고 부르는데, 가사가 상당히 왜곡되게 번안되어 불리고 있다.

였다. 그리고 시위대의 중심에는 당시 33세였던 허우더젠이 있었다. 허우더젠은 류샤오보劉曉波, 가오신高新, 저우둬周舵(이들은 '천안문 4군자'라고 불렸다)와 이 광장에서 사흘에 걸친 단식 투쟁을 벌였다. 공식 발표로만도 민간인 사망자 875명, 민간인 부상자 14,550명이 발생한 대학살 이후 허우더젠은 체포되어 대만으로 다시 추방된다. 이후 그가 뉴질랜드에서 살고 있다거나, 『주역周易』에 심취하여 점술가가 되었다는 등의 풍문이 돌았고, 그는 오랜 동안 중국 땅을 밟지 못했다.

한편 1989년을 기점으로 중국의 개혁 개방은 제어하기 힘든 속도로 이루어진다. 새로운 문화가 물 밀 듯 쏟아져 들어오면서 옛 문화와 옛 가치, 새로운 문화와 새로운 가치가 큰 간극을 사이에 둔 채로 병존하게 되었다. 그리고 다시 용의 해인 2000년, 미국 화교 출신의 가수 왕리홍王力宏이 자신의 두 번째 앨범 〈영원한 첫 날(永遠的第一天)〉을 발표한다. 아직은 중화권에서 신인이라고 할 수 있었던 왕리홍이 이 앨범에서 선택한 타이틀곡은 바로 〈용의 후예(龍的傳人)〉이었다. 왕리홍은 이 노래를 락 음악과 댄스 음악이 결합된 형태로 리메이크 하고 원곡의 가사 일부를 바꾼다. 원곡에서 "검은 눈동자, 검은 머리카락, 누런 피부, 영원토록 용의 후예라네"라는 가사 뒤에는 원래 다음과 같은 가사가 이어진다.

> 백 년 전 고요했던 어느 날 밤
> 거대한 변화를 앞둔 깊은 밤중
> 총성과 포성이 밤의 적막을 깨니
> 사면초가에 궁색한 검 뿐

수년 동안 포성은 그치지 않았네

수년 동안, 또 수년 동안

거대한 용이여, 눈을 떠라!

영원토록 눈을 떠라!


이것은 대만과 미국의 단교 사건을 계기로 100여 년 전 아편전쟁과 제국주의의 침탈을 상기했던 청년 허우더젠의 손끝에서 쓰인 것이었다. 하지만 미국에서 자라나 중화권에 돌아와 스타가 되기를 꿈꿨던 왕리홍은 이 부분을 이렇게 바꿔 불렀다.


여러 해 전 고요했던 어느 날 밤

우리 가족 모두 뉴욕에 도착했지.

가슴 속에는 들불이 끊임없이 타오르며

매일 밤낮으로 고향집을 그리워했네.

남의 땅에서 나는 자라나고

장성하여 용의 후예가 되었네.

거대한 용이여, 눈을 떠라!

영원토록 눈을 떠라!


이 뒤에는 능숙한 영어로 랩이 이어진다. 내용은 대만에서 딸 하나 아들 하나 데리고, 직업도 없고 언어도 통하지 않는 미국으로 떠나 그의 가족들이 겪었던 차가운 이민 경험에 관한 것이다. 왕리홍의 선택은 성공적이었다. 자신의 뿌리를 찾아 온 중화의 아들에게 대중의 반응은 따뜻했다. 게다가 그는 이 노래를 처음 불렀던 가수 리젠푸의 조카이기도 했다. 왕리훙은 현재 중화권에서 최고의 인기를 누리며, 자신의 공연 때마다 이 노래를 부르곤 한다. 〈용의 후예〉는 매년 춘절연환만회에서 빠지지 않는 레퍼토리이며, 용의 해를 맞이한 2012년 1월 22일 저녁 CCTV 춘절연환만회에서 〈용의 후예〉를 부른 가수도 다름 아닌 왕리훙이었다.

그런데 문제는 춘절연환만회가 단순히 중국에서 명절에 방송되는 인기 쇼프로그램에 그치지 않는다는 점이다. 허우더젠도 회상하듯, 황진보나 허우더젠이 무대에 올랐던 1980년대에는 무대에서 하는 한 마디 말조차 모두 철저하게 짜여진 각본대로 수차례의 리허설을 통해 이루어졌다고 한다. 이 프로그램은 사실 중국 당국의 선전용이라는 비판을 심심치 않게 받곤 한다. 그 점을 잘 보여주는 사건이 바로 2008년 1월에는 링창저우淩滄洲, 페이위裴鈺, 쿵푸이孔慧, 황쯔펑黃梓峰, 멍메이蒙昧 등 학자들이 인터넷에 발표한 "새로운 춘절문화에 대한 선언(新春節文化宣言)"이다. 그들은 이 선언에서 중국의 설은 유구한 역사를 지닌 문명현상이며 그 본질은 진정한 의미의 '자유'인데, 오늘날의 설은 지나친 교화, 선도, 격식으로 채워졌다고 비판하였다. 그 비판의 화살은 주로 춘절연환만회에 쏟아진다. 그들은 이 쇼프로가 오랜 전통을 지닌 설을 TV시청의 날로 바꾸어놓았고, 당국 입장의 교화와 칭송 역할을 담당하면서, 설을 도구화·무대화·정치화시키는 가짜 민속을 만들었다는 것이다.[52] 이 선언은 "황당하고 가소롭다"[53]는 원색적 비난까

---

[52] 「抵制春晚陋習─五學者發表"新春節文化宣言"」, 『邯鄲晚報』, 2008.1.22 보도 참고.
[53] 周思明, 「"新春節文化宣言" 爲何是荒唐可笑的?」, 『深圳商報』, 2008.1.31 논단 참고.

지 사며 별다른 효과를 거두지 못했지만, 이 사건은 '춘절연환만회'가 그만큼 정부의 정치적 선전을 위한 유용한 도구가 될 수 있음을 보여준다.

따라서 CCTV에서 〈용의 후예〉가 불린다는 것은 단순히 명절을 경축하는 의미를 넘어선다. 일례로 2011년 BTV 춘절만회에서 왕리홍이 〈용의 후예〉를 공연할 때 수십 명의 무용수들은 모두 진시황 병마용 복장을 하고 군무를 선보였다. 중국의 첫 통일제국이었던 진秦나라의 이미지와 "우리는 모두 용의 후예라네"라는 가사의 다소 진부한 조합은 이 노래의 공연이 무엇을 겨냥하고 있는가를 너무나 잘 보여주는 장면이다.

그럼 허우더젠은 어떻게 되었을까? 그는 2006년에야 다시 중국으로 돌아올 수 있었다. 그리고 그의 존재가 더 널리 알려지는 사건이 2011년 5월 2일에 일어난다. 이날 2008 베이징올림픽 주경기장이었던 냐오차오(鳥巢)에서는 대만의 대표적 음반회사인 락 레코드Rock Records(滾石國際音樂有限公司) 30주년 기념 콘서트가 열렸다. 무대에 오른 리젠푸가 오랜 친구 한 명을 소개하겠다며 또 한 사람을 무대로 이끈다. 바로 허우더젠이었다. 이 노래의 작사작곡가, 그리고 이 노래를 처음 부른 가수, 그 둘은 함께 〈용의 후예〉를 부르기 시작한다. 이윽고 그곳에 모여 있던 9만 명 관중들이 따라 부르기 시작하며 대합창이 울려 퍼졌다. 허우더젠으로서는 22년 만에 북경에서 〈용의 후예〉를 부른 것이었다.

〈용의 후예〉는 2009년 5월부터 중공중앙선전부中共中央宣傳部 추천 애국가곡 100수에 포함되었고, 〈동방홍東方紅〉, 〈연안송延安頌〉, 〈가창조국歌唱祖國〉 등과 더불어 이른바 '홍가紅歌'[54]라는 칭호를 받게 되었다.

## 6. 중화민족 용 토템론의 부활

가요 〈용의 후예〉의 영향은 강력했다. 1980년대 후반부터 중국학계는 다시금 용에 주목한다. 그리고 그 시선은 자연스레 원이둬의 『복희고』에도 쏟아졌다. 1986년에는 허신何新의 『신의 기원(諸神的起源)』(三聯書店), 1987년에는 쉬나이샹徐乃湘·추이옌쉰崔岩峋의 『용을 말하다(說龍)』(紫禁城出版社), 1988년에는 허신의 『신룡의 수수께끼(神龍之謎)』(延邊大學出版社)와 왕다유王大有의 『용봉문화의 원류(龍鳳文化源流)』(北京工藝美術出版社), 천서우상陳綬祥의 『중국의 용(中國的龍)』(灕江出版社) 등 주요 저작들이 연이어 출판된다.

1장에서 살펴본 것처럼 1987년에 발굴된 '중화제일용'은 이러한 추세를 더 가속화시켰다고 할 수 있다. 1990년대 이후로도 뤄얼후羅二虎의 『용과 중국문화(龍與中國文化)』(三環出版社, 1990), 양징룽楊靜榮·류즈슝劉志雄의 『용과 중국문화(龍與中國文化)』(人民出版社, 1992), 허싱량何星亮의 『중국토템문화(中國圖騰文化)』(中國社會科學出版社, 1992), 우위청吳裕成의 『중국 용中國龍』(百花文藝出版社, 2000), 류위칭劉毓慶의 『토템신화와 중국전통인생(圖騰神話與中國傳統人生)』(人民出版社, 2002) 등이 뒤를 이었다. 뿐만 아니라 여러 신문과 잡지에도 용에 관한 수많은 논고들이 발표되었다. 그리고 이들은 너도 나도 중화민족 용 토템론을 주창하고 중화민족은 용의 후예임을 주장한다.

---

**54** 홍가紅歌는 홍색가곡紅色歌曲의 준말로, 혁명과 조국을 찬양하고 기리는 '붉은 노래'를 뜻한다.

용은 중화민족의 옛 토템이다. 용은 중화민족의 선조들이 삶의 이념과 정신적 추구를 드러내는 매체로서 두 가지 기본적 상징의의를 지니고 있다. 첫째, 용은 '삼서三栖 동물'로서 자맥질하고, 달리고, 날 수 있다. 즉 다양한 능력을 상징하며 자강불식自强不息하는 정신적 추구를 표현한다. 둘째, 용은 다양한 동물의 신체부위와 기관이 조합되어 형성된 종합체로서 단결을 상징하며, 후덕재물厚德載物[55]하는 정신적 추구를 표현한다. 자강불식은 영웅주의의 기초이고, 후덕재물은 애국주의의 기초이다. 용 문화는 이렇게 중화민족정신의 문화적 기반이다.[56]

수십만 년의 발전을 거쳐, 각기 독립적이었던 부족이 백 개의 강줄기가 바다로 모여들 듯 중화민족이라는 대가정 속으로 융합해 들어와, 이구동성으로 스스로 염황자손이며 용의 후예라고 부르고 스스로를 화하민족이라고 칭한다. (…중략…) 중화민족은 왜 용의 후예인가? 개벽신 혹은 창세신인 반고와 여와가 용이고, 중화민족의 시조신인 복희와 여와도 용이며, 우리의 조상인 염제황제 및 그 후예도 용이기 때문이다. (…중략…) 화하민족華夏民族, 염황자손炎黃子孫, 용적전인龍的傳人은 모두 같은 개념이며, 모두 중화민족에 대한 호칭이다.[57]

중화민족은 용의 후예이다. 휘황찬란한 몇 천 년의 문화사 속에서 용 문

---

55 자강불식自强不息, 후덕재물厚德載物이라는 말은 『역경易經』에서 "天行健, 君子以自强不息. 地勢坤, 君子以厚德載物"이라는 구절에서 유래하며, 재능과 덕행 사이의 상응하는 관계를 설명한 것이다.
56 閻世斌, 「從龍文化看民族精神」, 『學術交流』, 2006.2, 總第143期, 第2期.
57 閻德亮, 「炎黃子孫與龍的傳人神話談」, 『尋根』, 2008, 第4期, 20·26쪽.

화는 금자탑처럼 염황자손의 멈추지 않는 노동과 창조를 기록하며 그들의
인류적 사업과 영웅적 헌신의 숭고한 이상과 위대한 정신을 보여준다.[58]

중국은 용의 고향이고, 중화민족은 용의 후예이다. 모든 염황자손은 모
두 용을 중화민족의 상징으로 삼으며, 길한 동물·토템·정신적 우상으로
삼아 숭배한다. 용의 문명은 몇 천 년 동안 불후의 민족혼을 이루었다.

중국은 용의 고향이고, 염황자손은 용의 후예이기에, 예부터 지금까지
세계상에는 중화민족처럼 이렇게 용 숭배에 이처럼 유구한 역사와 이처럼
깊은 감정을 지닌 민족이 없었다. 그것이 형성한 위대한 민족 응집력은 무
궁무진하다. 용의 정신은 이미 중화민족의 상징이 되었고 불후의 민족혼
이 되었다. 중국인은 거룡이 날아오르는 정신으로 천희지년千禧之年인 용
의 해를 맞이하여 21세기로 성큼 나아갈 것이다.[59]

그리고 이들은 모두 원이둬의 『복희고』를 근거로 삼거나 발판으로
삼는다. 물론 『복희고』에 대한 반론이 전혀 없지는 않았다. 샤오빙蕭兵
은 「복희·여와 사신교미도상의 새로운 독해(伏羲女媧蛇身交尾圖像的新解
讀)」라는 논문에서 "전설 속의 복희와 여와를 '홍수유민'이나 '남매혼'이
라는 이중 구조로 조합시키는 것은 상황을 더 복잡하게 만든다"라고 하
며 이런 조합 과정에는 문헌이나 실제 유물 증거가 부족하고, 현지조사
자료도 명확하지 않다고 지적한다. 또한 토템론에 대해서도 이렇게 말
한다.

---

**58** 武文, 「龍神·龍人·龍文化」, 『西北師大學報(社會科學版)』, 1998.1, 第35卷, 第1期, 74쪽.
**59** 濡川, 鄭溓明, 「龍的文明－龍的傳人」, 『文物春秋』, 2000, 第5期, 1·9쪽.

한대나 당대의 무덤 속의 이런 도상은 '조상숭배'거나 '(뱀)토템숭배'일 리가 없다. 이런 도상들이 무덤의 주인과 (가상적) '비인류 친족'관계를 갖는 것은 불가능하다. 또한 '인조신앙'이라고 말하는 것도 그다지 적당하지 않다. 화하-한족 전설의 시조나 선조는, 염·황, 반고 등등 너무나 많다. 복희·여와는 기껏해야 선진부터 한당시기에 중화민족 전설 속의 시조가 되었을 뿐이다.[60]

왕첸룽王乾榮도 「용은 언제 중국인의 '토템'이 되었는가(龍何時成了中國人的"圖騰")」에서 중화민족 용 토템론을 비판하며 이렇게 말한다.

용이 언제부터 중국인의 '토템'인가? 중국 역대 전적을 보아도 "비늘 달린 동물들의 으뜸(鱗虫之長)"인 용을 토템상징으로 삼았다는 기록은 없고, 이십사사二十四史나 야사野史에도 기록이 없다. 또 당대의 『예문유취藝文類聚』, 송대의 『태평어람太平御覽』, 명대의 『영락대전永樂大典』, 청대의 『연감유함淵鑒類函』 및 『고금도서집성古今圖書集成』 등 역대 유서類書나 공구서를 보아도 용은 수족水族 인충류鱗虫類, 또는 인개류鱗介類로 분류된다. **중국 원시사회부터 중세까지 애니미즘적 범신론은 있었지만 토템 관념은 없었다.** 용은 '물에 사는 비늘 달린 동물들의 으뜸(水族鱗虫之長)'일 뿐 인류와는 무관했다. 근래 몇몇 유행가에서 무슨 "유구한 중화는 한 마리 용"이라거나, "장강과 황하는 두 마리 용"이라거나 "염황자손은 용의 후예"라는 등의 말을 퍼뜨리고 있는데 이런 것은 문예작품의 비유와 같은 것이지 중국 역사문화

---

60  周天游·王子今 主編, 『女媧文化研究』, 三秦出版社, 2005, 224쪽.

와는 무관한 것이다.[61]

위안디뤼袁第銳도 「용의 후예 주장에 대한 질의(龍的傳人說質疑)」(1995)
에서 '중화민족 용 토템론'이나 '용의 후예'라는 주장이 가요 〈용의 후
예〉의 유행으로 인해 생겨난 현상임을 지적하였다.

　　1980년대 대만 가수 허우더젠侯德建이 작사 작곡한 〈용의 후예〉가 대륙
　　에서 공연되고 유행하면서 거의 아무런 논증이나 근거도 없는 상황에서 중
　　화민족은 용의 후예라는 것이 정론화되었다. 이것은 그야말로 일종의 오
　　해이다. 이른바 용이라는 것은 중화민족 선조들의 토템이었던 적도 없거
　　니와 모든 문헌 속에도 기록이 제각기 달라 정론이 없기 때문이다. 따라서
　　우리는 이런 근거도 없는 '용의 후예'라는 설에 함부로 부화해서는 안 된다.

　특히 위안디뤼는 이 글에서 ① 요순堯舜부터 하상주夏商周 삼대까지
용과 관련된 전설은 있었지만 용 숭배를 한 것은 아니었다. ② 춘추전
국시대에도 용과 관련된 전설은 있지만 역시 즐기기 위한 대상이지 숭
배의 대상이 아니었다. ③ 용의 개념이 신성한 존재로 전환된 것은 진
대秦代에야 시작되었다. ④ 용과 황제 또는 황권이 직접적으로 연관된
것은 한대漢代에 비롯되었다는 등의 구체적인 각론을 통해 중화민족
용 토템론을 비판한다.
　스아이둥 역시 1980년대 중화민족 용토템론에 대해 "개혁개방이 중

---

61　王乾榮, 「龍何時成了中國人的"圖騰"」, 『人民公安』, 2007, 第4期.

화의 애국주의 물결을 진흥시키는 가운데 대중문화인 〈용의 후예〉와 고급문화인 '용 토템론'이 맞물리고, 전 세계 중국인들이 이에 강렬하게 공명하며 적극적 작용을 일으켜"[62] 생겨난 것이라고 평가하며, "하지만 '용 토템론'은 현대 학자(원이둬)가 특정 시기에 특별한 정치적 목적에서 포장해 낸 유행하는 개념"일 뿐이라고 지적하였다.

하지만 이런 견해들은 그 논리적 설득력에도 불구하고 큰 관심이나 호응을 얻지 못하거나, 심지어 비난의 대상이 되곤 했다. 일례로 2000년 용의 해에 『민간문화民間文化』 제3기에 실린 「용의 해에 얽힌 미신─민간의 설을 듣고(大話龍年─聽來自民間的說法)」에서 '중화민족이 용의 후예'라는 설과 용 토템론을 부정하자 돤바오린段寶林은 「'용의 후예'설은 의심의 여지가 없다(龍的傳人'之說無庸置疑)」는 글을 발표하여 "용의 후예설을 부정하는 것은 역사적 근거가 부족한 것이고 (…중략…) 원이둬『복희고』의 과학적 논증을 부정하는 것도 설득력이 떨어진다"며 강하게 비판한다.[63] 그런데 이들이 원이둬의 논증을 지지하는 방식은 대단히 감정적이다. 원이둬가 그 시기 얼마나 각고의 노력을 기울여 현지조사를 했으며, 얼마나 다양한 학문적 방법론을 활용하여 『복희고』를 집필했는가를 인물전기적으로 강조하고, 그래서 그의 논의가 얼마나 '과학적'인지를 말하는 방식이다.

게다가 발표되었을 당시에는 거의 주목을 받지 못했던 「인수사신상을 통해 용과 토템을 말하다」가 1980년대 문화열 속에서 이렇게 주목을 받게 된 데에는 원이둬가 중화인민공화국 성립 이후 위대한 애국시

---

62  스아이둥, 앞의 글, 10쪽.
63  段寶林 「"龍的傳人"之說無庸置疑)」『中國文化研究』, 2002 春之卷.

〈그림 16〉 청화대학清華大學 교정에 있는 원이둬 상과 기념비
청화대학은 그의 모교이자, 그가 후에 교편을 잡은 곳이기도 하다.


인으로 추앙받게 되었다는 사실도 간과할 수 없다. 여기에는 그가 마지막 대중강연을 마치고 집 앞에서 국민당 공작원에게 암살당하여 비극적 최후를 맞이했던 사건도 그 후광을 더하게 했을 것이다. 조국과 민족을 위해 희생당한 애국시인이 남긴, 민족혼을 깨우는 이 글은 그렇게 경전적 위치를 점하게 되었다. 이렇게 볼 때 『복희고』의 수많은 허점이 지적되었음에도 이들이 원이둬를 쉽게 버리지 못하는 이유는 분명하다. 그것은 바로 『복희고』가 심어준 민족융합**64**의 희망, 즉 혼

---

**64** 문화대혁명 시기 강압적 소수민족 동화同化정책의 부작용이 불거지자, 이후 중국에서는 '동화'라는 말 대신 '융합融合'이라는 말을 즐겨 쓴다. 하지만 강압적인 방식이 조금 완화

합식 토템으로서 용을 중심으로 수많은 소수민족들이 '다원일체'의 중화민족으로 편입될 수 있다는 희망, 그렇게 '용의 후예'들의 거대한 단합을 형성할 수 있다는 희망이다.[65]


## 7. 오늘날의 토테미즘

'용의 후예'는 이제 노래 뿐 아니라 TV 쇼, 영화, 온라인 게임 등 각종 대중 매체를 종횡무진하고 있다. 국내에는 '도성타왕賭聖打王'(1990)이라는 제목으로 개봉된 저우싱츠周星馳 주연의 영화도 원래 제목은 '용의 후예(龍的傳人)'였다. 2007년 BTV와 청룽成龍, 중영집단中影集團, 영황집단英皇集團이 연합하여 만든 차세대 중국 쿵푸스타 발굴 프로그램의 제목 역시 '용의 후예(龍的傳人)'였다.[66] 3D 인터넷 게임〈용의 후예〉는 진

<hr />

되었을 뿐, 한족을 중심으로 한 비대칭적 '융합'은 결국 동화를 은폐하는 말이 될 수 있다.

65  반가운 것은 근래 중국학자들 사이에서도 중국학계가 이상하리만치 '토테미즘'에 열중하는 기현상에 대한 문제제기가 조금씩 이루어지고 있다는 점이다. 역사학자 창진창常金倉은 현실주의가 문화의 주선율을 이룬 중국의 특수한 문화적 배경 아래에서 토테미즘은 발달할 가능성이 없었다고 하고, 20세기에 선사시대 연구에 있어서 걸핏하면 토테미즘으로 옛 역사를 해석하곤 하는 것은 중국역사의 실제상황에 부합하지 않는다고 지적한다.(常金倉, 「古史研究中的泛圖騰論」, 『陝西師範大學學報』第28卷 第3期) 류쭝디劉宗迪도 중국학계에서 토테미즘은 초창기부터 철저한 이해와 수용이 부족하였고, 이후에도 이론적 재고찰에 대한 이해가 부족하다보니 시종일관 표면적이고 진부한 채로 유행하게 되었고, '토템'이라는 개념에 대한 주관적 해석이나 남용이 시종 중국의 토템연구사를 따라다녔다고 지적한다.(劉宗迪, 「圖騰·族群和神話 - 涂爾干圖騰理論術評」, 『民族文學研究』, 2006.4)

66  청룽의 후계자를 찾는 이 프로그램에 대해 청룽은 수차례 이 프로그램에서 뽑는 '용적전인'은 '성룡의 후계자'가 아닌 '중화 문명의 후예'임을 강조하였다. 이 프로그램은 전세계에서 중국의 쿵푸문화를 계속해서 널리 발양하고 헐리우드 영화와 맞붙어 싸우며 중국 '용'의 국제적 영향력을 확대시킨다는 목적으로, 우수하고 잠재력을 갖춘 후보들을 선발하고 배양하는 서바이벌 오디션 프로그램이었다. 2007년 1월 1일부터 18세~28세의 액

쿠(金酷, Goldcool Games)<sup>67</sup>라고 하는 게임회사에서 개발한 것이다. 진쿠에서 제공하는 게임 배경의 소개는 다음과 같다.

상고시대 신룡神龍의 몸으로 화한 헌원軒轅 황제黃帝가 인간 종족을 이끌고 중원에서 마룡魔龍의 몸으로 화한 치우蚩尤가 이끄는 요괴 종족을 크게 무찌른다. 이로부터 인간종족은 중원세계를 통치하였고, 요괴종족은 미개하고 황량한 땅으로 쫓겨난다. 승리한 인간 종족이나 황량한 땅으로 달아난 요괴 종족이나 모두 스스로를 '용의 후예(龍的傳人)'라고 부른다. 5천년후, 인간 종족의 왕조는 이미 후당後唐에 이르러, 세상 사람들은 안정적인 삶을 누리며 날이 갈수록 나른해져가고 있었다. 반면 요괴 종족은 와신상담하며 나날이 세력을 키우고 황량한 땅에서 깊숙이 언도성堰都城을 세우고 있었다. 요괴종족은 천년의 치욕을 씻기 위해 대군을 일으켜 인간종족의 주성인 장안성長安城까지 공격해 온다. 신룡과 마룡의 후예들이 재차 탁록 중원에서 마주치니, 용의 후예들의 전쟁이 이제 그 막을 올린다.

이 배경을 보고 민족적 편견이나 왜곡을 발견하는 이도 있을 것이다. 왜 하필 치우는 '마룡'이고 그의 종족은 '요괴' 종족인가? 어째서 황제와 치우, 인간 종족과 요괴 종족을 은연중에 선과 악의 구도로 대비

---

선연기가 가능한 청년들을 모집하였고, 2007년에 10월 장성 아래에서 거행된 결선을 통해 선발된 최종 10명은 선발되었다.

**67** 진쿠유시金酷游戲는 2006년 1월에 설립된 게임 회사이다. 〈마계魔界〉, 〈전신광휘全身光輝〉 등을 제작했으며, 중국에서 가장 성공적인 인터넷 게임사 중 하나이다. 〈용의 후예(龍的傳人, Legend of The Dragon)〉는 진쿠에서 200만 위안을 투자하여 매입한 자회사에서 자체 개발한 3D게임이다. 2010년 말에 정식으로 운영하기 시작했으며, 500만 위안의 수익을 올렸다.

시키는가? 하지만 이것은 게임을 소비하고 게임에 참여하는 대중의 질문은 아니다. 대중에게 팩션faction은 불완전한 팩트fact나 그럴 듯한 픽션fiction이 아니라 팩션 그 자체이고 그 자체의 가치로 다가온다. 이것은 대중매체, 그 중에서도 오락성 매체의 장이기 때문이다.

도서, 잡지, 신문 등 인쇄매체에서도 '중화 민족이 용의 후예'라는 믿음은 어렵지 않게 찾아볼 수 있다. 특히 2012년 1월 1일에는 용의 해를 기념하여 『용 토템 - 중국정신(龍圖騰－中國精神)』이라는 책이 북경이공대학출판사北京理工大學出版社에서 출판되었다. 저자 주비즈朱必知는 이 책의 내용에 대해 다음과 같이 온갖 고상한 미사여구들을 동원하며 소개하고 있다.

중국의 용은 신기한 큰 짐승의 일종으로, 양성陽性의 상징이며, 동쪽의 대표이고, 떠오르는 태양 · 새 봄 · 비옥함과 다산을 의미한다. 이 책은 용 토템의 의미를 심층 분석하고, 중국정신의 근원을 찾아낸다. '용의 근원'은 상고시대의 토템이고, 역사의 각인이며, 이중신성의 민족신앙이자, 중화 민족 지혜의 주춧돌이다. 즉 '용의 혼'은 우주의 마음이며 생명의 모델이고 모든 것을 겸용하는 도덕철학이다. '용의 운韻'은 동정허서動靜虛徐의 심미審美이며, 드높고 당당한 기세이며, 준수하고 표일飄逸한 예술이다. '용의 꿈'은 창세의 큰 힘이며, 무적의 예지력이고 뭇 사람들이 추구하는 은혜로운 복이다. '용의 일어남(興)'은 중화中華가 위풍당당하게 떨쳐 일어남이고, 최고의 선(上善若水)의 큰 사랑이며, 넓은 기개와 고귀한 자존감이다.

스스로를 용의 후예라고 자부하고 자처하기 위해서, 용이 지녔다고 생각하는 갖가지 좋은 특성들을 본받고 나누기 위해서 용이 꼭 토템으로 숭배되었다는 역사적 사실이 있어야 하는 것은 아니다.[68] 하지만 이제 중화민족 용 토템론은 대중매체, 인쇄매체를 넘어 국정교과서의 영역까지 자리를 잡았다. 문제는 이것이 역사서도 대중매체도 아닌 경계, 즉 '어문語文' 교과서에 실렸다는 사실이다. 중국에서는 현재 『소학어문小學語文』 5학년 과정 교과서 본문에 '용의 후예'라는 제목으로 다음과 같은 내용이 실려 있다.[69]

용에 대해 말하면, 중국인은 누구나 자랑스레 스스로를 '용의 후예'라고 칭한다. (…중략…) 보존되어 내려오는 문물고적을 통해 보면 그 시기 용의 모습은 비교적 간단했으며, 모양도 완전히 일치하지 않는다. 당송대 이후로 용은 점차 우리가 오늘날 보는 모습, 즉 "낙타의 머리, 뱀의 목, 사슴의 뿔, 거북의 눈, 물고기의 비늘, 매의 발톱, 소의 귀"가 되었다. 여기서 묘사한 용은 이미 오늘날 우리가 보는 용의 도안과 가깝다. 오늘날 우리는 모두 용이 현실의 동물이 아님을 안다. **용은 중국인의 상상과 전설 속에만 존재하며, 중화민족이 먼 옛날에 숭배하던 토템이다.** 용이 중국인의 숭배를 받은 까닭은 중국인의 마음속에서 용이 걸출하고, 변화무쌍하고, 무소불능하기 때문이다. 용왕은 저 높은 천상에 살면서 비바람을 부르고, 강과 바다를 뒤엎을 수 있다. 천하의 가뭄과 홍수, 농작물 수확의 성패, 인간의 화복 모두

---

**68** 예컨대 한국인들은 단군신화 등을 통해서 곰 토템에 대한 역사적 단서를 얻지만, 정작 민족적 정서가 선호하고 추구하는 동물은 곰보다 호랑이이다.
**69** 이 교과서는 북경사범대학판 소학교 어문교과서 5학년 2학기 과정, 즉 『소학어문小學語文』 제10책에 실려 있다. 확인되는 바로는 늦어도 2008년부터 수록된 것으로 보이며, 이 해는 2008년 베이징올림픽이 개최된 해이기도 하다.

용의 뜻에 달려 있다. 용은 지고무상한 권리의 상징이며, 황제는 스스로를 '진룡천자眞龍天子'라고 여겼다. 황제의 몸은 '용체龍體', 황제의 의복은 '용포龍袍', 황제가 앉는 의자는 '용의龍椅'라고 불렸고, 따라서 궁전 안에 있는 태화전太和殿에만도 1만 3천여 마리의 용을 장식했다. 하지만 용의 모습은 제왕만의 전유물은 아니었다. 백성들의 마음 속에도 용은 자유로운 비상과 완전함을 상징한다. 이른바 '금룡헌서金龍獻瑞',[70] '용봉정상龍鳳呈祥',[71] '용비봉무龍飛鳳舞',[72] '용등호약龍騰虎躍'[73] 등은 이런 상서로움과 행복, 자유와 비상 등을 나타내는 광경이다.

서양에도 용의 전설이 있지만, 서양의 용은 중국의 용과 달리 종종 각종 악한 성질을 구비하고 사람을 해치는 일을 벌이곤 한다. **중국의 용은 갖가지 능력을 구비하고 있으며 자유와 완전함에 대한 중국인들의 선망과 추구를 상징한다. 따라서 중국인은 늘 스스로를 '용의 후예'라고 칭하는 것이다.**

북경사범대학北京師範大學에서 만든 「〈용의 후예〉 수업지침('龍的傳人' 教學設計)」을 보면 우선 교사는 가요 〈용의 후예〉를 학생들에게 들려주

---

70 황금 용이 상서로움을 바친다는 뜻의 '금룡헌서金龍獻瑞'란 사자춤이나 용춤을 추어 사람들에게 축복을 표하는 것을 가리키는 말로 반복하여 빙빙 돌거나 머리를 조아리는 등의 동작을 하면 사람들에게 기쁨과 행운을 가져다주는 것으로 여겨진다.
71 용봉정상龍鳳呈祥은 『공총자孔叢子』「기문記問」에서 "천자가 덕을 펼쳐 장차 태평이 이르려 하면, 기린·봉황·거북·용이 먼저 그 상서로움을 드러낸다(天子布德, 將致太平, 則麟鳳龜龍先爲之呈祥)"라는 구절에서 비롯된 것이다. 알다시피 용과 봉황은 길상을 뜻하며 매우 기쁜 일을 표현할 때 함께 그려진다.
72 용비봉무龍飛鳳舞란 원래 산세가 구불구불 웅장한 것을 형용하는 말이었는데, 후에는 서예에서 서법에 힘이 있고 선이 자유로운 모양을 가리키는 말로도 쓰이게 되었다.
73 용등호약龍騰虎躍은 당 엄종嚴從의 「의삼국명신찬서(擬三國名臣贊序)」에서 비롯된 말이다. 뛰는 동작이 건장하고 힘 있는 것을 형용하는 말이다. 또는 사람이 떨쳐 일어나 행동하여 성과가 있는 것을 비유하는 말로도 쓰인다.

고 "이 노래 제목을 아는 사람?" "용에 관해서 어떤 것들을 알고 있죠?" "가사 중에 '용의 후예'가 무엇을 가리키는지 아는 사람?" 하는 질문으로 시작하여 학생들의 브레인스토밍을 유도한다. 다음 단계는 "중국인은 왜 스스로를 용의 후예라고 부를까? 우리 교과서에서 그 답을 함께 찾아봅시다"라고 하여 교과서의 내용을 다시금 숙지시킨다. 또 학생들 각자가 수집한 용의 그림이나 글을 함께 나눈다. 이어서 선생님은 "중국인이 스스로를 용의 후예라고 하는 것은 우리가 자유와 완전함을 선망하고 추구하기 때문이지요. 이제 낭독을 통해 이런 감정을 읽어내볼까요?"라고 하여 학생들의 낭독을 유도한다. 학생들이 좋아하는 부분을 말하면 선생님이 평을 해준다. 이 수업은 노래 〈용의 후예〉를 다시 들으며 학생들이 따라 부름으로써 "감정의 공명을 유발"하는 것으로 마무리된다.

수업의 과정을 보면 저 글은 단지 '어문'을 학습하기 위한 것이 아니다. 중요한 것은 내용의 이해와 숙지이고, 이를 통한 "감정의 공명"이다. 이를 돕는 것은 노래 〈용의 후예〉이다. 멜로디와 리듬을 타고 "우리는 모두 용의 후예"라는 선언은 10살 전후의 신체에 각인된다. 교과서 본문 또한 낭독을 통해 각인될 수 있다. "용은 (…중략…) 중화민족이 먼 옛날에 숭배하던 토템이다"라고. '어문' 교과서에 실림으로써 팩트fact와 픽션fiction의 잣대에서 자유롭고, '교과서'에 실림으로서 그 권위가 보장된다. 이렇게 용의 "자유"와 "완전함"을 분유分有하는 토템부족의 어린이들이 자라난다.

진태원은 「어떤 상상의 공동체? 민족, 국민, 그리고 그 너머」에서 "상상의 공동체에 대한 앤더슨의 정의가 지닌 약점은 그것이 국민적 정체

〈그림 17〉

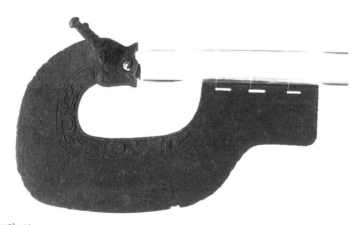

〈그림 18〉

〈그림 17〉〈용들이 서리고 있는 무늬를 조각한 북 받침대(透雕蟠龍鼓座)〉, 춘추 말기(기원전 6세기 전반~기원전 476년), 상해박물관 소장

〈그림 18〉〈용머리 모양의 도끼(龍首鉞)〉, 서주 초기(기원전 11세기), 상해박물관 上海博物館 소장

용은 분명히 중국문화에서 가장 사랑받는 상징동물이었음에 틀림없다. 하지만 그렇다고 해서 용이 바로 중화민족의 토템이 되는 것은 아니다.

성 형성 및 재생산의 문제에 대해 거의 논하지 않는다는 점"[74]이라고 지적하면서 "제도들의 기능 작용을 통해 재생산되는 모든 사회적 공동체는 상상적이다"라는 발리바르를 부각시킨다. 그리고 다음과 같은 중요한 지적을 한다.

> 발리바르가 말하듯이 "모든 사회적 공동체는 상상적"이라면, 이것은 상상계 없는 공동체란 존재하지 않는다는 것을 뜻한다. 그렇다면 상상계 또는 이데올로기를 그 자체로 비난하거나 그것을 초월하자고 주장하는 것은 무의미한 일이다. 문제는 상상계 또는 이데올로기를 좀 더 복합적인 체계로 인식하고 그것들 내의 차이를 식별하는 일이다. 이는 내셔널리즘의 경우에도 마찬가지다. 흔히 내셔널리즘을 단일한 이데올로기나 상상계로 이해하는 경향이 있지만 사실 내셔널리즘은 다층적이고 다면적인 이데올로기다.[75]

근래 십 수 년 동안 내셔널리즘은 학계의 무수한 포탄을 받아왔다. 내셔널리즘은 근대성과 함께 현재의 질곡을 타개하기 위해 해체되어야 하는 무엇, 넘어서야 하는 무엇으로 간주되어 왔다. 하지만 발리바르의 말처럼 그것이 "상상계"이고 "이데올로기"라면 그 자체를 무조건 비난하는 것은 부질없는 일이다. 게다가 이런 상상적 이데올로기는 논리 위에 구축된 것이 아닌, 정서 위에 구축된 것이다. 여기에 논리의 칼

---

**74** 진태원, 「어떤 상상의 공동체? 민족, 국민 그리고 그 너머」, 역사문제연구소, 『역사비평』 제96호, 2011 가을, 191쪽.

**75** 진태원, 위의 글, 194쪽.

을 들이대는 것은 사실 큰 의미가 없다. 전술한 것처럼 대중은 논리로 팩션을 받아들이지 않는다. 정서로 받아들인다. 그들은 그것이 충분히 감동을 준다면 기꺼이, 그리고 이미, 받아들일 준비가 되어 있다. 요컨대 더 이상 중화민족이 스스로를 용의 후예라고 여기는 현상 자체에 대한 반론은 무력하거나, 무의미해 보인다. 이미 '용의 후예'라는 신화는 중국인들에게 민족적 긍지와 결속력을 고취시키는 작용을 하고 있다. 여기에는 '용'이라는 동물 상징이 지닌 미지의 성질, 꿈틀대는 날것으로서의 원초적 이미지가 집단적 열망과 쉽게 접속한 것도 동인이 되었을 것이다. 그들은 용의 성질을 이제 자신들의 것으로 분유한다.

당혹스러운 것은 오히려 학문이다. 이 도저한 팩션 앞에서 학자들마저 그들의 정서가 '보라'고 명령하는 것만을 보며, 그 신화를 공고히 한다. 이 꿈틀대는 이미지가 학문의 마음까지 사로잡는다. 그리고 '학문'의 이름으로, '과학'의 이름으로 중화민족은 원래 용 토템부족이었음을 증명하려 한다. 아니, 증명했다고 호소한다.

하지만 학문이 도모해야 하는 것은, 정서로서 충분한 신화에 '과학'이라는 현대-신화적 외피를 덧쓰우는 일이 아니다. 오히려 학문이 주목해야 하는 것은 춘절만화에서 빠지지 않고 불리는 '홍가紅歌' 〈용의 후예〉, 그 똑같은 노래가 자유와 민주에의 열망으로 타올랐던 1989년 봄 천안문광장에서도 불렸다는 사실이다. 문제는 내셔널리즘 그 자체가 아니라 어떤 내셔널리즘인가를 구별해내는 일이고, "민주주의적 시민성"[76]에 기반한 내셔널리즘과 억압적, 배타적, 확장주의적 내셔널리

---

[76] 진태원은 위의 글에서 프랑스의 예를 들어 "쉬나페르 등이 대표하는 신공화주의적 국민주의와 극우파 국민전선의 민족주의("프랑스인의 프랑스")는 모두 내셔널리즘의 일종이

즘을 구별하는 일이다.

우리는 내셔널리즘이라 칭해질 수 있는 집단 정서의 힘, 그리고 용이라는 아이콘이 지닌 상징적 힘이 결합하여 '현대의 종교', '오늘날의 토테미즘'77을 주조해내는 것을 목도하고 있다. 여기서 학문은 무엇을 할 것인가? "그 복합적 체계를 인식하고, 그 안의 차이들을 식별하며" 이 힘을 건강한 종교성으로 향하게 할 수 있을까?

---

기는 하지만", 전자가 "민주주의적 시민성에 기초를 두고 있는 반면, 후자는 배타적 인종주의에 기반을 두고 있다"고 구분하였다. 194쪽.

77 '토테미즘'을 어떻게 정의할 것인가는 간단한 문제가 아니다. 다만 이 맥락에서 '토테미즘'은 ① 토템동물과 내가 기원을 공유하며 운명을 함께 한다는 믿음 ② 내가 토템동물의 특성을 분유分有하고 있다는 믿음, 이렇게 두 가지 핵심적 성격을 지닌다.

# 3장 │ 실크로드의 수많은 용들 │

허우더젠이 말한 것처럼 용은 "중국인 스스로의 상상이 창조한" 것일까? 〈복희여와도〉나 '중화제일룡'은 과연 용이 중국에서 기원했음을 보여주는 증거가 될 수 있을까? 혹은, 용의 진정한 기원을 찾는 것은 가능한 일일까? 용이 중국에서 기원한 것이라면, 스티스 톰슨의 다음과 같은 말은 어떻게 받아들여야 할까?

아마도 모든 신기한 동물들 가운데 가장 잘 알려진 것은 용일 것이며, 적어도 용 전설들은 서양과 근본적으로 관련 있음이 분명한 듯하다. 그러나 성 게오르기우스 전설에서 확인되는 많은 머리를 가진 불을 토하는 괴물이 중국의 행운을 가져다주는 거대한 용과 실제로 동일한 존재인가는 분명치 않다. 적어도 서구의 전통에서 용은 약간 전갈의 모습을 띤 악어의 일종이거나 도마뱀의 일종으로 인식되는 듯하다.[1]

성 게오르기우스에게 죽임을 당하는 "불을 토하는 괴물"로서 용과 중국의 "행운을 가져다주는 거대한 용the gigantic luck-bringing dragon"은 분명히 같은 존재라고 보기 어렵다. 하지만 우리가 지금까지 살펴본 것처럼 중국에는 길상의 상징으로서 거대한 용만 존재하는 것이 아니다. 또한 성 게오르기우스 전설에 나오는 용이 서양의 모든 용을 대표할만한 전형성을 지니는가에 대해서도 질문을 던져볼 필요가 있다.

사실 용은 동서양을 막론하고 매우 다양한 성격과 모습으로 나타난다. 그리고 이 장에서 자세히 살펴보겠지만, 동양의 용과 서양의 용의 성격을 정확히 선과 악으로 대별할 수 있는 것도 아니다. 그러므로 3장에서 우리는 실크로드[2]를 따라 아시아와 유럽 곳곳에서 발견할 수 있는 용 신화와 전설, 상징물이나 도상 등을 살펴보며 동서양의 용에 대한 이 일반론의 타당성, 그리고 '용의 기원에 대한 질문'의 타당성을 재

---

1   Stith Thompson, *The Folktale*, the Dryden Press, New York, 1951, p.243. 이 설명은 「아일랜드부터 인도까지의 설화*The Folktale from Ireland to India*」에서 "신기한 존재들과 사물들(Marvelous Beings and Objects)"의 '신기한 동물들Marvelous Animals'의 첫머리에 보인다.

2   '실크로드'라는 용어는 1877년 독일의 지리학자 리히트호펜이 처음 사용했다. 리히트호펜은 사실 실크로드라는 말을 중앙아시아에만 한정하여 타림분지(타클라마칸 사막)를 경유하여 서북 인도로 가는 길과 소그디아나로 가는 길만을 지칭하였다. 하지만 일반적인 용법으로 실크로드는 중국의 장안長安에서 로마를 잇는 동서 교류의 길을 의미한다. '실크로드'라는 말처럼 이 길은 마치 멀고먼 사막 길에서 낙타 떼가 등에 중국의 비단을 싣고 뜨거운 태양 아래 서역을 향해 터벅터벅 걸어가는 이미지를 떠올리게 한다. 그러나 이 길은 비단 뿐 아니라 도자기 · 옥 · 보석 · 향료 · 모피 · 차 · 과일 · 각종동물 · 약물 · 유리 · 안료 등의 물품이 오가는 길이었고, 상인들뿐만 아니라 예술인, 종교인, 군인 등이 오가는 길로서 아시아와 유럽을 잇는 거대한 교역의 통로이자 동서 문명교류의 대동맥이었다. 그리고 그 중간은 오아시스 도시들이 거점을 이루고 있었다. 하지만 이 오아시스 실크로드는 협의의 실크로드라고 할 수 있다. 20세기 학계의 연구를 통해 실크로드가 사막만이 아니라 초원길과 바닷길까지 아우르며, 동서교류 뿐 아니라 남북의 교류가 활발하게 이루어지던 거대한 망상의 조직이었다는 사실이 밝혀지고 있다. 그리고 이렇게 확장된 실크로드에는 우리나라의 경주나 일본의 교토까지도 포함된다. 결국 광의의 실크로드는 아시아와 유럽 전역을 아우르는 거대한 문명교류의 네트워크라고 보아야 할 것이다.

고해 보고자 한다. 우선 2장에서 언급했던 〈복희여와도伏羲女媧圖〉의 사신교미상蛇身交尾像을 보다 넓은 좌표에 펼쳐 볼 것이다. 이어서 동서 양에서 공히 나타나는 사람의 상반신에 뱀의 꼬리를 한 반인반사半人半 蛇의 존재들에 얽힌 이야기와 이미지들, 그리고 각 지역 각 민족의 다 양한 용 이야기와 이미지들을 통해 수많은 용의 고리들로 엮여 있는 그물을 끌어올려 보기로 하자.

## 1. 복희·여와와 한 쌍의 뱀

원이둬가 인수사신의 복희·여와 교미도에 대한 분석을 통해 중화 민족 용 토템론을 제시한 이후, 중국학자들에게서 다음과 같은 주장을 찾아보는 것은 전혀 어려운 일이 아니다.

중국문화사에서 매우 현저한 위치를 차지하는 복희와 여와의 원래 형상 은 인수사신人首蛇身이다. 복희·여와 형상의 출현과 유행은 중국고대에 서 받들던 뱀 토템의 변형이다. 뱀은 강한 생명력과 왕성한 생식력을 가지 고 있어 많은 부족이 토템으로 삼았다. 문명의 출현과 국가의 탄생으로 뱀 이미지는 점차 변화하여 용 이미지가 되었고 비범한 역량의 상징이 되었 다. 중국신화 속의 뱀과 용의 이미지는 중국 상고시대 일찍이 존재했던 자 연과 사회의 역사적 변천을 표현한다. 복희·여와신화 및 그 형상은 이 거 대한 변천과정 중 매우 중요한 일환이다.[3]

복희·여와 인수사신이 출현한 것은 과연 중국 고유의 뱀 토템에서 비롯된 것일까? 혹시 다른 지역에서 나타나는 더 이른 시기의 예는 없을까? 이에 대해 우리는 늦은 시기부터 이른 시기로 거슬러 올라가며 한 쌍의 인수사신이나 그와 유사한 도상들의 흔적을 추적해보기로 하자.


## 1) 7세기 투루판의 복희·여와

중국 서북부 신강성新疆省 위구르 자치구 투루판시에서 동남쪽으로 35km 떨어진 곳에 아스타나 고분군이 있다. 이곳은 장안長安(오늘날의 서안西安)에서 서역西域으로 가던 실크로드의 북쪽 길, 즉 서역북로 상에 있으며, 투루판 분지의 옛 중심지였던 고창고성高昌古城 부근이다. '아스타나'란 위구르어로 '영원한 휴식'이라는 뜻인데, 이름에 걸맞게 이곳에는 고창국과 당나라 왕들과 귀족들이 영원히 잠들어 있다. 아스타나 고분군은 동서 5킬로미터, 남북 2킬로미터로 지금까지 발굴된 무덤이 무려 456기에 달한다. 이곳에서 출토된 유물들의 면면을 보면, 이곳은 그야말로 "문명의 접합장"[4]이라고 할 수 있을 정도로 다양한 언어와 문화적 색채를 자랑한다. 그런데 그 중에서도 이 책에서 다루는 주제와 관련하여 우리의 관심을 끄는 것은 비단에 그려진 복희·여와 인수사신교미도(이하 〈복희여와도〉)이다.

---

3    范立舟,「伏羲·女媧神話與中國古代蛇崇拜」,『煙臺大學學報』第15卷 第4期, 2002.10, 455쪽.
4    정수일,『실크로드 문명기행』, 한겨레출판, 2006, 68쪽.

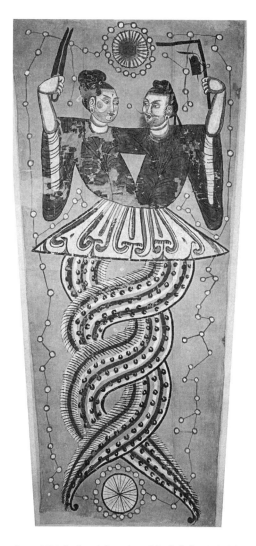

〈그림 19〉 투루판 아스타나 고분군에서 발견된 〈복희여와도〉
신강위구르자치구박물관 소장

〈그림 19〉는 7세기에 만들어진 것으로 추정되며 세로 220cm에 가로는 위쪽이 106cm, 아래쪽이 81cm 정도 되는 대형 비단걸개 그림이다. 이 그림은 여러 가지 점에서 의미심장하다. 우선 이렇게 복희·여와를 주제로 따로 독립된 화면에 담은 예는 다른 지역에서는 찾을 수 없다. 한 화상석에 나타나는 〈복희여와도〉는 대부분 여러 가지 테마가 담긴 화면의 일부로 나타난다. 이렇게 한 장의 직물에 복희·여와를 따로 그려 무덤에 부장한 것은 신강 투루판 지역의 특별한 장례 풍습이었다고 할 수 있다. 이 아스타나 고분군은 1914년에 오렐 스타인Aurel Stein이 이끄는 영국 탐험대가 처음 발굴하였고, 이후 1950년대 말부터 1960년대 초까지 집중적인 발굴이 이루어졌는데, 이때 발굴된 40여 기의 고분 중 약 60~70%에서 인수사신 〈복희여와도〉가 나왔다. 대부분은 비단에 그려졌지만 간혹 마麻직물에 그려진 것도 있다.[5]

이 지역의 토착민들이었던 이란계 차사인車師人들은 서한西漢시대에 야르호토(교하고성交河故城)를 도읍으로 하여 차사국車師國(현재의 카쉬가르)을 세웠는데, 장건張騫의 서역 개척 후 차사국은 중원과 밀접한 관계를 유지했다. 그 후 한나라와 흉노의 통치를 받다가 5세기 중엽, 북량北涼이 이곳에 지방정권을 세웠고, 얼마 안 가 499년에 한족 출신인 국씨麴氏의 고창국高昌國이 들어섰고, 고창국 역시 중원과 꾸준한 교류가 이루어졌다. 640년 당나라가 고창국을 멸망시키고 이곳에 서주西州를 설치하면서 당나라의 문화와 풍습이 대거 유입되었다. 이렇게 역사적 변화가 큰 지역이다 보니 수백 기의 무덤들도 만들어진 시기에 따라 각

---

5 한국 국립중앙박물관이 소장하고 있는 오타니컬렉션 중앙아시아 유물 중 하나인 〈복희여와도〉가 바로 마직물에 그려진 것이다.

기 다른 특징을 지닌다. 페이젠핑裵建平은 아스타나 고분군을 진晉·십육국十六國부터 남북조南北朝 중기까지의 1기, 남북조 중기부터 국씨 고창국 시기(초당初唐에 해당)까지의 2기, 당나라에서 서주를 설치한 시기(성당盛唐에 해당)까지의 3기로 나누었는데, 〈복희여와도〉는 모두 2기와 3기에 해당한다.[6]

아스타나 고분 출토 〈복희여와도〉는 도상기호들이 매우 정형화되었다. 복희·여와의 위치는 항상 복희가 오른쪽 여와가 왼쪽에 있고, 각각 바깥쪽 팔을 들고 있는 모습이나, 뱀 꼬리를 꼬고 있는 포즈도 같다. 해와 달이 각기 화면의 상단과 하단에 그려져 있고 배경에 별자리들이 그려져 있는 것도 공통적이다. 또한 복희와 여와가 손에 들고 있는 직각자와 컴퍼스의 주인도 딱 정해져 있다.[7] 음양의 관계로 볼 때 여성으로서 음陰에 해당하는 여와가 양陽에 해당하는 하늘(天)의 동그라미(圓)를 그리는 컴퍼스(規)를 들고 있고, 남성으로서 양에 해당하는 복희가 음에 해당하는 땅(地)의 네모(方)를 그리는 직각자(矩)를 들고 있어, 음양의 조화와 순환 구조까지 세심하게 고려하였음을 짐작할 수 있다.[8]

---

6 裵建平, 「"人首蛇身"伏羲·女媧絹畫略說」, 『文博』, 1991. 3.
7 기본적 형태는 이렇게 공통적이지만 복식이나 머리모양 등을 비롯하여 세부적 표현에 있어서는 조금씩 차이를 보인다. 예컨대 해와 달의 표현도 원 안에 방사선을 표시하고 주변에 별 문양을 구슬이 이어진 모양의 연주문聯珠紋 형태로 묘사한 것이 있는가 하면 까마귀와 두꺼비를 그려 넣은 것이 있는데, 전자는 키질 석굴사원의 벽화에서 흔히 나타나는 기법으로 쿠차 지역과의 문화교류의 흔적을 엿볼 수 있는 중앙아시아 회화의 특징이다. 반면 까마귀와 두꺼비는 당나라의 지배하에 들어간 서주시기의 표현으로 중원의 영향이라고 할 수 있다. 인물의 얼굴이나 손에 음영을 넣어 입체적으로 표현하는 기법역시 키질 석굴 벽화에서 발견되는 중앙아시아 회화의 특징이라고 할 수 있다. (국립중앙박물관 편저, 『국립중앙박물관 소장 西域美術』, (사)한국박물관회, 2003, 139쪽 伏羲女媧圖에 대한 해설 참고)

하지만 바로 1세기 전이었던 6세기, 중국에서 서역으로 가는 관문도시 돈황敦煌과 아시아의 동북쪽 고구려 집안輯安에서는 상당히 다른 복희 · 여와가 그려졌다.


## 2) 6세기 돈황과 고구려의 복희 · 여와

감숙성甘肅省 돈황시에서 동남쪽으로 20킬로미터쯤 떨어진 곳에는 명사산鳴沙山이 있는데, 이 산에는 약 1.6킬로미터에 걸쳐 깎아지른 듯한 절벽에 크고 작은 수백 개의 동굴이 뚫려 있다. 이곳이 바로 그 유명한 막고굴莫高窟 천불동千佛洞이다. 현재 총 492개의 굴이 발견되었는데 굴 안에는 벽화와 불상들이 진열되어 있다. 그야말로 거대한 불교석굴 단지이다. 이곳은 4세기 중엽 승려 낙준樂僔에 의해 처음 개착되어, 13세기에 이르기까지 약 천 년간 석굴이 조성되었다고 한다. 그러다보니 막고굴 벽화예술에는 오랜 세월에 걸쳐 돈황 역사의 흥망성쇠가 고스란히 반영되어 있다.

문명의 십자로라고 불리는 돈황은 옛날부터 북방 유목민들이나 티베트계 여러 민족들의 교통로였다. 감숙성甘肅省, 청해성靑海省, 신강성新疆省이 만나는 교통의 요지인 이곳은 춘추전국시대에는 '과주瓜州'라고 불렸다. 한족漢族이 진출하기 전에 이곳에는 월지月氏와 오손족烏孫族들의 방목지였고 서한西漢 초에는 흉노匈奴의 지배 아래 있었다. 기원

---

**8**  중국 고대의 음양학설에 기반을 둔 우주관에서는 '하늘은 둥글고 땅은 네모지다'고 생각했는데 이것을 '천원지방天圓地方'이라고 한다.

〈그림 20〉 돈황 막고굴 제96굴 북대불전北大佛殿

전 2세기에 한나라가 무위武威, 장액張掖, 주천酒泉, 돈황敦煌에 하서사군
河西四郡 설치하였고, 5호16국시대에는 전량前涼이 이곳을 다스리며 '사
주沙州'라고 부르기도 했다. 5세기에 북위北魏가 점령했을 때 돈황진이
되었다가 수·당대에 다시 돈황군이 되었다. 이곳은 당대 전반기에 전
성을 누리다가 후반기에 토번吐蕃(티베트)에, 그리고 11세기 초 서하西夏
에 점령당하고 이후 막고굴은 수백 년 동안 땅속에 묻힌다.

막고굴은 20세기 초 장경동藏經洞이 발견되면서 세계의 주목을 받게
되었다. 우리에게는 프랑스 학자 펠리오에 의해 신라 승려 혜초慧超의
『왕오천축국전』이 발견된 곳으로도 유명하다. 불교석굴이라는 이름
에 걸맞게 막고굴에 그려진 벽화는 불상이나 불교고사, 공양인상 등

〈그림 21〉 돈황 막고굴 285호굴 벽화 (동쪽 천정)

불교적 내용을 담고 있는 것이 대부분이다. 하지만 간혹 중국의 전통
적 신화나 신선을 제재로 한 그림들도 보이는데, 그 대표적인 예가 249
호굴과 285호굴의 벽화이다.[9] 특히 285호굴의 동쪽 천정에는 중국 고
대신화전설 속의 주인공들이 다양하게 표현되어 있다.[10]

  285호굴은 막고굴의 초기 동굴 중에서도 유일하게 기년紀年 표시가
있는 동굴이다.[11] 이 굴은 서위西魏 대통大統 4년부터 5년 사이, 즉 53

---

9  이수웅 편저, 『돈황문학과 예술』, 건국대 출판부, 1990, 271~273쪽.
10 제285굴은 평면은 방형方形이고 천정은 국자를 엎어놓은 형태로, 하늘의 모습이 묘사되
   어 있고 천정 중앙에는 말각抹角 첩체식疊砌式 조정藻井을 채색으로 그려놓았다.
11 북쪽 벽에 있는 7폭의 설법도 중 두 폭에 쓰인 발원문 중에 가섭불원문迦葉佛愿文에는 "대
   대 대위 대통 4년 세차 무오 8월 중순에 만들다(大代大魏大統四年歲次戊午八月中旬造)"

〈그림 22〉 막고굴 285호굴 동쪽 천정벽화의 상단부에 보이는 복희 · 여와

8~539년에 만들어졌는데, 막고굴에서 현존하는 7개의 서위시대 굴 중 규모, 내용, 예술성에 있어서 가장 훌륭한 굴로 꼽힌다. 무엇보다 이 굴을 특별하게 만들어주는 것은 그 교차 문화적 성격에 있다.[12] 막고 굴에서 북위北魏시기에 만들어진 굴들이 모두 중심에 탑 모양의 기둥 이 있는 형태라면, 이 285굴은 인도의 양식과 중국의 양식이 결합되어 방의 모양은 네모지고 천정은 중국의 화개형華蓋型이다. 게다가 벽화에 는 불교적 내용이나 인도와 중국의 신화, 도교의 신선사상 등이 결합 되어 서벽에는 힌두교와 불교, 동벽 · 남벽 · 북벽에는 불교, 천정에는 도교와 불교의 내용이 담겨 있다.[13]

라고 먹으로 쓰여 있고, 무량수불원문無量壽佛願文에는 "대대 대위 대통 5년 5월 21일에 완성하다(大代大魏大統五年五月廿一日造訖)"라고 쓰여 있다.

12 자세한 내용은 馬莉 · 史忠平, 「文化交流視野下的莫高窟285窟窟頂藝術」, 『邢台學院學 報』第26卷, 第3期, 2011.9 참고.

13 돤원졔段文傑는 이 굴의 예술적 특성에 대해서 ① 불선佛禪과 도현道玄의 상호 결합, ② 선 수도禪修圖의 특수한 의경意境, ③ 인체미와 의관미衣冠美라는 두 가지 심미관의 세 측면 으로 나누어 설명하고 이런 심미관이 이 굴에서 동시에 드러나는 서역풍격과 중원풍격 을 형성하였다고 평했다. "결국 285굴은 특수한 동굴로서 굴의 구조, 벽화내용, 신앙사 상, 의경창조, 심미이상, 예술풍격, 중국화된 수법과 내력 등에 있어서 중국문화(중원문 화, 서역민족문화)와 서방문화의 교류 중 점차 융합이 높아지는 가운데 민족전통을 계승

그림과 같이 동쪽 천정에는 바람의 신 비렴飛廉, 12개의 머리가 달린 용, 입을 크게 벌리고 있는 도철饕餮, 11개의 뇌고雷鼓를 지니고 있는 우레신, 날개달린 신선들이 보이고 상단의 양쪽으로 '복희·여와'로 추정되는 두 신이 등장한다.

왼쪽에서 오른손으로 직각자(矩)를 들고 있는 신이 복희로 추정되는데, 가슴부분에 커다란 원륜이 있고 그 안에 까마귀 모양의 새가 그려진 것으로 보아 해를 품고 있음을 알 수 있다. 오른쪽에서 오른손으로 컴퍼스(規)를 들고 있는 신은 여와로 추정되는데 가슴부분에 있는 커다란 원륜 안에는 무늬가 어렴풋하기는 하지만 두꺼비의 모습이 그려진 것으로 보아 달을 품고 있다고 할 수 있다. 그런데 앞에서 살펴본 투루판의 복희·여와와 달리 돈황의 복희·여와는 가운데 마니보주를 두고 양쪽에 따로 떨어져 있다. 그리고 하반신은 뱀의 꼬리만 달린 것이 아니라 다리까지 달려 있다. 게다가 머리 위와 등 뒤로 날개가 달려 있다. 이러한 복합적인 장면들은 불교와 도교는 물론 중국 고대의 신화까지 한데 어우러진 형태라고 할 수 있다.

허스저買世哲는 이에 대해 이런 복합적 도상들이 대부분 남북조시기 삼교합일三敎合一 사상의 영향 아래 생겨난 것이라고 하였고, 여기에 나타난 복희와 여와는 불교예술 속에서 보응성보살寶應聲菩薩과 보길상보살寶吉祥菩薩에 해당한다고 보았다.[14] 중국에 전래된 불교가 중국의 전

---

하고 과감하게 외국문화를 흡수하고 새로운 중국식 불교예술을 창조한 전환점이다." 段文傑, 「中西藝術的交滙點－莫高窟第二八五窟」, 『美術之友』, 1998.1, 7쪽. 특히나 그가 첫 번째로 꼽은 "불선과 도현의 결합"에 대해서는 많은 논자들이 비슷한 입장을 취한다.

[14] 북주北周의 승려 도안道安이 지은 『이교론二敎論』에서 『수미사역경須彌四域經』을 인용하여 "보응성보살의 이름은 복희, 보길상보살의 이름은 여와이다(寶應聲菩薩名曰伏羲, 寶吉祥菩薩名曰女媧)"라고 한 구절을 근거로 하였다. 중국에 들어온 불교가 공자孔子, 안연

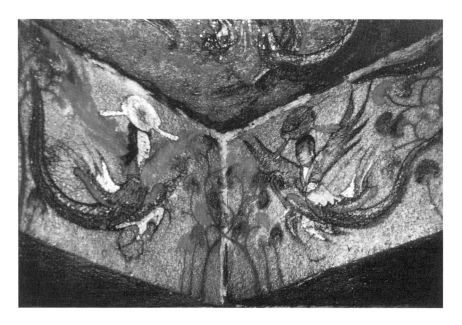

〈그림 23〉 고구려 벽화의 해신과 달신 (집안輯安 오회분五盔墳 4호묘 벽화)

통 문화를 적극적으로 흡수 변용한 흔적으로 파악한 것인데 상당히 설득력 있는 해석이다. 흥미로운 점은 허스저도 지적하듯이 285굴의 이 〈복희여와도〉가 고구려 고분벽화 중 길림성吉林省 집안현輯安縣에서 발견된 오회분五盔墳 벽화의 해신 달신의 모습과 상당한 유사성을 보인다는 사실이다. 돈황 벽화와 고구려 고분벽화에서 인수사신 한 쌍의 도상이 출현한 것은 6세기 중엽에 해당한다. 중원에서 볼 때 거의 동북쪽 끝과 서쪽 끝이라고 할 수 있는, 이렇게 멀리 떨어져 있는 두 지역에서

顔淵, 노자老子까지 불제자佛弟子로 간주한 이상, 복희·여와를 아미타불에 종속되는 보살로 삼고, 도교의 선인이나 옥녀·청룡·백호까지 불교신앙의 보호신으로 삼으며, 여러 귀신과 신령까지 다 제석천의 신하로 삼았으니 285굴 천정에 나타난 신화적 표현들은 자연스레 불교의 호법신이나 불교신자들의 보호신으로 흡수된 표현이라는 것이다.

매우 비슷한 형태의 인수사신상이 나타나고 있는 것이다.

인수사신형 해신과 달신이 해와 달을 들고 나타나는 예는 집안 지역 고분벽화에서만 나타난다. 인수사신형 해신과 달신에 대한 기록은 현재로서는 고구려 관련 문헌자료 어디에도 보이지 않으므로 제재에 있어서 이것은 분명 중국 고분벽화의 영향을 받은 것이라고 할 수 있다.[15] 두 신이 양쪽에 서로 떨어져 있고, 날개가 달려 있는 모습, 상반신은 사람인데 하반신은 뱀의 꼬리에 다리가 달려 있는 것은 막고굴 285호굴 벽화와 동일하다. 하지만 285호굴 벽화에서는 두 신의 가슴부분에 해와 달이 있었다면, 여기에서는 두 신이 해와 달을 머리 위로 받쳐 들고 있다. 또한 결정적으로 직각자와 컴퍼스를 들고 있지 않아 천원지방天圓地方의 창조신적 성격은 드러나지 않는다. 그리고 예술풍격에 있어서도 285호굴에 비해 두 신의 이목구비가 곱고 뚜렷한 편이다. 권영필에 의하면 "물고기 지느러미처럼 뻗쳐나간 의복의 자락, 마르고 긴 안면, 치켜 올라간 눈썹, 갸름한 코 등의 요소"는 돈황 석굴 285굴에서도 확인되듯이 "북위北魏 말의 불상佛像" 표현에 나타나는 조각양식이 벽화에 치밀하게 반영된 것이라고 한다.[16] 돈황벽화와 고구려 고분벽화에서 이렇게 먼 거리를 두고 유사한 형식의 인수사신상이 발견되는 것은 당시 활발했던 문화전파와 교류의 흔적으로 볼 수 있을 것이다.

그런데 돈황벽화와 고구려벽화의 이른바 〈복희여와도〉는 앞서 살

---

15 하지만 전호태는 고구려에도 시조 주몽의 아버지 해모수는 해신, 그 어머니 유화는 달신에 비유되므로 이들 신의 기본 형상은 중국에서 따온 것이더라도 그 관념적 바탕은 고구려의 전통적 해신·달신 신앙으로 존재했을 것이라고 추측한다. 전호태, 『벽화여, 고구려를 말하라』, 사계절, 2004, 90~91쪽.

16 권영필, 「고구려 벽화의 복희여와도 ─ 집안 4호분(五塊墳) 日像·月像을 중심으로」, 『실크로드 미술』, 열화당, 1997에서 참고.

펴본 투루판의 〈복희여와도〉와 기본적 구도에 있어서 매우 차이가 있다. 가장 큰 차이는 두 신의 하반신에 해당하는 뱀의 꼬리가 서로 닿아 교차하고 있는가의 여부이다. 이러한 사신교미형蛇身交尾形 〈복희여와도〉의 모델이 된 것은 2세기 한漢 화상석에서 찾아볼 수 있다.


### 3) 2세기 한 화상석의 복희·여와

원이뒤의 중화민족 용 토템론의 단서가 되었고, 이후 〈복희여와도〉의 전형처럼 간주된 것은 산동성山東省 가상현嘉祥縣에서 발견된 화상석의 부분이다. 이 도상은 동한東漢 환제桓帝 원가元嘉 원년元年인 151년경에 제작된 것이다. 가상현 무택산武宅山이 있는 마을 북쪽에서 무량사 화상석이 출토된 것은 청나라 건륭乾隆 51년, 즉 1786년의 일이다. 하지만 이 도상이 특별히 주목을 받게 된 것은 2장에서 언급했듯이 1930~1940년대 상서湘西의 묘족苗族 지역에서 현지조사를 벌였던 뤼이푸芮逸夫, 그리고 그 연구를 확장한 원이뒤에서 비롯되었다. 원이뒤가 복희·여와의 하반신을 이루고 있는 '뱀의 몸'에 대한 해석에서 중화민족 용 토템론을 도출한 이후 중국학계에서 복희·여와를 논할 때 무량사 화상석의 도상은 어김없이 등장하는 모델이 되었다. 특히나 이 화상석에는 방제榜題가 붙어 있어서 이들이 복희·여와임이 명시되어 있다는 점이 이 도상을 기준으로 삼는데 도움이 되었을 것이다.

하지만 한 화상석에서 복희·여와로 추정되는 한 쌍의 인수사신상들은 이외에도 숱하게 많은데, 그 표현이 서로 차이가 나는 것이 많다.

〈그림 24〉 산동 무량사 화상석의 〈복희여와도〉

같은 산동 지역의 화상석 중에서도 무량사형과 다르게 복희 여와 사이에 서왕모西王母[17]나 동왕공東王公[18]이 커다랗게 자리 잡고 있는 경우도 있고, 손에 직각자나 컴퍼스를 들고 있지 않은 경우도 많다. 게다가 많

---

**17** 산동 미산현微山縣 양성진兩城鎭 출토 화상석. 동한 중기에서 동한 말(89~189) 사이에 제작된 것으로 추정.
**18** 산동 추성시鄒城市 곽리향郭里鄕 황로둔촌黃路屯村 출토 화상석. 동한 중기(89~146)에 제작된 것으로 추정.

은 경우 복희와 여와가 서로 접촉하지 않고 돈황벽화나 고구려벽화에서 본 것처럼 따로 떨어져 등장한다. 심지어 각기 다른 화면에 등장하기도 한다.[19] 무량사형처럼 꼬리를 꼬고 있는 경우는 교미와 결합을 통한 생육신의 성격, 즉 인류의 시조로서의 성격을 부각시켰다고 할 수 있다. 하지만 같은 시기, 혹은 무량사형보다 몇 십 년 후에 제작된 도상에서도 교미도가 아닌 것이 많다는 것은 그 이전에도 지속적으로 복희·여와가 짝으로서 인류의 조상으로 인식된 것은 아니었음을 짐작하게 해준다.

실상 복희와 여와는 한나라 이전, 이르게 잡아도 전국시대戰國時代 말까지 부부로 출현한 적이 없다. 중국신화에서 복희는 전설 속 삼황三皇 중 첫 번째 제왕이며, 문자와 어로법 등을 만들어낸 문화영웅이다. 여와는 진흙으로 인류를 창조하고 무너진 하늘을 보수한 위대한 여신이었지만 주류는 아니었다. 하지만 한대에 들어서서 여와는 복희의 배우신配偶神, 즉 복희의 아내로 등장한다. 이에 대해 김선자는 다음과 같이 설명한다.

여와가 한대 주류계층이 만든 무덤이나 사당의 화상석에 나타나게 된 것은 한대에 유행하던 음양학설과 복희를 목덕木德을 가진 제왕으로 역대제왕도의 맨 앞에 놓게 만든 오덕종시설, 그리고 무엇보다 한대의 지식인들을 경도하게 만들었던 대일통의 관념에 의한 것이었다.[20]

---

19  자세한 내용은 홍윤희, 「人首蛇身 交尾像과 실크로드에 대한 再考」, 『中國語文學論集』 제78호, 중국어문학연구회, 2013, 465〜468쪽 참고.
20  김선자, 「圖象解釋學的 관점에서 본 漢代의 畵像石(2) - 伏羲와 女媧의 圖象을 중심으로」, 『中國語文學論集』 제22호, 2003.2, 中國語文學硏究會.

〈그림 25〉 하남성 남양 와룡구臥龍區 출토 일신 · 월신 화상

〈그림 26〉 사천성 비현郫縣 1호 석관

즉 복희 · 여와가 짝이 되어 출현하게 된 것은 한대의 정치사상적 이데올로기의 영향이 크다는 것이다. 그리고 사실상 이런 관점을 가장 잘 대변하는 유형이 무량사형이었다고 할 수 있다.[21]

또 한 가지 주목할 점이 있다. 앞서 본 투루판 비단그림이나 돈황벽화, 고구려벽화에는 해와 달이 함께 그려져 있어 복희 · 여와의[22] 일월신으로서의 성격이 드러났다면, 무량사형에는 해와 달이 없다. 하지만 산동의 다른 복희 · 여와 도상에서는 복희가 해와 컴퍼스를, 여와가 달과 직각자를 들고 있다.[23] 또한 하남성河南省 남양南陽이나 사천성四川省에서 발견되는 '복희 · 여와'로 불리는 도상들을 보면 대부분 해와 달을 몸에 지니고 있거나 손에 들고 있다. 그 중에는 직각자나 컴퍼스가 없는 경우가 많고, 마주보고 있지만 서로 꼬리를 교차하지 않는 경우도 적지 않다. 또한 꼬리에 다리가 달린 것도 있고, 없는 것도 있으며, 어떤 것은 뱀이라기보다 새의 몸통처럼 보이는 것도 있으며, 등에 날개가 돋아난 경우도 있다. 문제는 이렇게 해와 달을 몸에 지니고 있거나 손에 들고 있는 경우, 서로 형식이 동일한 데도 어떤 것은 복희 · 여와로, 어떤 것은 중국 신화 속 해와 달의 여신인 희화羲和와 상희常羲, 또는 항아嫦娥 등으로 해석된다는 점이다. 이처럼 복희 · 여와로 판정하

---

21  김선자는 또한 무량사형 복희 · 여와의 상반신이 완벽하게 의관을 정제한 모습으로 그려진 것에 대해 "유가적 법도에 충실한 '이성적' 모습"이라고 하면서 이것은 한 무제武帝 이후, 즉 "신학화된 유가들에 의해 유가가 통치 이데올로기로 확립된 이후"의 "고도적 정치적 계산이 들어있다"고 평가한다. 그는 그 정치적 계산을 한대 대일통의식大一統意識과의 깊은 연관성에서 찾는다. (김선자, 위의 글, 435쪽)

22  우선 편의상 '복희 · 여와'로 불렀지만, 고구려 고분벽화의 경우 한 쌍의 '인수사신'이라는 점만으로 복희 · 여와로 단정 지을 수 없다고 생각한다. 이 점에 대해서는 후술하도록 하겠다.

23  산동 임기시臨沂市 백장白莊과 비현費縣 타장진城莊鎭에서 발견된 복희와 여와는 모두 독립된 화면에 따로 등장하며 복희가 해와 컴퍼스를, 여와가 달과 직각자를 들고 있다.

기가 애매한 경우가 적지 않다.[24]

이렇게 볼 때 인수사신 한 쌍을 복희·여와로 볼 수 있는 절대적 기준은 제기題記 외에는 없다. 몸의 형태도 발이 있는 것과 없는 것이 섞여서 나타나며, 해와 달의 유무, 해와 달의 위치, 꼬리의 교미 여부, 직각자와 컴퍼스의 유무 등 수많은 요소들이 수많은 변형들을 낳고 있다. 이렇게 볼 때 화상석을 비롯하여 여러 도상에서 나타나는 한 쌍의 인수사신상을 모두 〈복희여와도〉라고 규정하는 것은 재고의 여지가 있다. 또한 해신과 달신의 성격이 부여되는 경우는 더욱 판단에 신중을 기해야 한다. 특히 고구려 고분벽화의 경우 인수사신이라는 점만 제외하면 무량사형이나 아스타나형과의 공통점이 없다. 컴퍼스나 직각자도 없고, 꼬리를 교차하고 있지도 않다. 오히려 등에서 날개가 돋아난 것으로 보아 하늘을 나는 우인羽人이나 해와 달을 관장하는 신선 정도로 보는 것이 무리가 없다. 그렇다면 확실하게 복희·여와라고 부를 수 있는 경우는 제기가 있는 무량사형을 기준으로 할 때 인수사신이 교미를 하거나 한 쌍으로 나타나는 경우, 그리고 손에 컴퍼스와 직각자를 들고 있는 경우 정도라고 할 수 있다.

이렇게 보면 아스타나 고분 출토 〈복희여와도〉는 한 화상석 〈복희여와도〉의 여러 가지 변형태가, 6세기 북위 예술의 영향을 받은 돈황벽화 및 고구려고분벽화 등의 양식을 거치며, 중앙아시아와 중원의 예술적 특성이 혼융되고 절충된 형태로 정형화된 결과라고 할 수 있다. 복희·여와가 한대에 와서야 이렇게 함께 등장하기 시작했다면, 이러

---

24 하남과 사천 화상석 복희·여와상에 대한 자세한 내용은 홍윤희, 앞의 글, 469~472쪽 참고.

한 인수사신교미형의 도상은 어디에서 비롯된 것일까? 2장에서 살펴본 것처럼 그 기원을 중국 고유의 뱀 토템이나 용 토템에서 찾는다는 것은 우선 중국에 토테미즘 시기가 있었을 가능성이 희박하다는 점에서 문제가 있다. 그렇다면 중국에 원래 존재했던 뱀 숭배나 용 숭배에서 비롯되었다고는 할 수 있을 것이다. 하지만 과연 그것이 전부일까? 혹시 그보다 더 넓은 좌표에서 설명할 수 있지 않을까?

## 4) 인도, 수메르, 그리스의 사신蛇身교미상

현실의 동물 중 뱀만큼이나 중요하고 결정적인 역할로 세계 신화 속에 자주 등장하는 동물을 찾기는 쉽지 않을 것이다. 그리고 그만큼 상반된 이미지가 공존하는 동물도 쉽지 않을 것이다. 뱀은 지혜나 생명력, 치유력을 상징하기도 하고 간교하고 치명적인 독성이나 사악함을 지닌 존재로 간주되기도 한다. 꼬리를 물고 있는 뱀이 만들어내는 원형은 세계, 우주, 시간의 순환을 의미했고, 여신으로서 뱀은 만물을 길러내는 대지의 힘을 상징하는 지모신으로 여겨졌다. 뱀은 그야말로 경외敬畏의 대상, 즉 숭배의 대상이자 두려움과 기피의 대상이었다. 그리고 인도 문화권에도 그러한 뱀 신앙이 존재한다.

중국 불교의 용왕龍王관념 형성에 큰 영향을 미친 힌두교의 코브라신 나가Naga는 인도에서는 치유를 매개하는 신적인 존재로 숭상된다. 가장 독성이 강한 뱀이 가장 큰 치유력을 지닌 것으로 여겨지는 것이다. 많은 경우 나가는 반인반사, 즉 상반신은 사람에 하반신은 뱀의 모

〈그림 27〉 인도 남서부 할레비두 호이살라슈바라 사원의 나가교미상

〈그림 28〉 인도 중부 코나라크 사원의
나가교미상

습으로 그려진다. 또는 머리가 여러 개 달린 큰 뱀의 모습으로 그려지기도 한다.

나가는 강, 호수, 바다의 호화로운 궁전에 사는 것으로 여겨진다. 그들은 머리로 귀한 보석을 운반한다고 믿어지며, 영리하고 아름다운 뱀의 공주, 나기니Nāgini들은 남인도 왕조의 여자 선조들로 자주 등장하기도 한다.[25] 사람들은 나가가 살고 있는 집을 행운이 깃든 집으로 여긴다. 성소나 사원들은 대부분 나가가 살고 있는 나무뿌리나 흙무덤 근처에 세워진다.[26] 특히 남부 인도에서는 나가칼Nagakal(나가가 새겨진 석비)을 숱하게 발견할 수 있다. 나가칼에는 보통 한 마리나 두 마리의 뱀이 조각되어 있는데, 두 마리의 뱀일 경우 대부분 서로 몸을 감고 있는 형상이다. 보통 남부 인도의 여인들이 아기를 갖고자 할 때 나가칼을 만들어 사원에 바친다고 한다. 나가칼은 보통 6개월 정도 연못 속에 넣어두었다가 사원의 뜰이나 사원의 입구 앞에 세워둔다. 또 이렇게 세워둔 나가칼 앞에 여인들은 공물을 바치며, 나가가 가진 다산과 풍요의 힘으로 그들에게 아이를 점지해 주길 기원한다.

나가는 원래 인도의 서사시 『마하바라타』[27]에서 독수리왕 가루다[28]

---

25  이은구, 『인도의 신화』, 세창미디어, 2003, 99쪽.

26  스티븐 P. 아펜젤러 하일러, 김홍옥 역, 『인도, 신과의 만남Meeting God : Elements of Hindu Devotion』, 다빈치, 2002, 244∼246쪽.

27  『마하바라타』는 『라마야나』와 더불어 인도의 2대 고대 서사시 중 하나이다. 비야사가 저술한 이 서사시는 세계에서 세 번째로 긴 서사시이기도 하다. 『마하바라타』는 '위대한 바라타 왕조'라는 의미이며, 더 넓게는 '위대한 인도의 역사'로도 풀이할 수 있다. 20만여 개의 운문과, 250만여 단어로 이루어져 있다. 『마하바라타』는 고대 인도문학의 중요한 유산이며 종교적 · 철학적으로도 큰 의미를 지닌다. 또한 제6권 「비스마파르바」의 일부 인 『바가바드 기타』는 힌두교 사상의 정수를 담고 있는 것으로 유명하다.

28  가루다는 가루라迦樓羅 또는 금시조金翅鳥로도 불리며, 인도 신화에 등장하는 신조神鳥이다. 인간의 몸에 독수리의 머리와 부리, 날개, 다리, 발톱을 갖고 있는 모습으로 묘사되곤

에게 잡아먹히는 뱀으로 그려진다. 또 가루다가 어머니를 구출하기 위해 천계에서 가져온 소마를 핥아먹고 불사를 이루게 된 존재로도 그려진다. 이렇게 힌두교의 신화에서 나가는 가루다와의 관계 속에서 자주 등장한다. 나가에 관련된 이야기들은 오늘날에도 힌두교가 우세한 아시아 지역들, 특히 인도의 문화전통에서 큰 비중을 차지하고 있다. 나가는 자연적 힘이자 샘물, 우물, 강물 등의 수호자라고 믿어진다. 그들은 비를 불러올 수 있으며, 따라서 풍요를 가져오기도 하고 홍수나 가뭄 같은 재앙을 의미하기도 한다.

이렇게 몸을 서로 감고 있는 두 마리 뱀의 형상은 쿤달리니Kundalini 요가[29]에서도 발견된다. '신체적 에너지'를 뜻하는 쿤달리니는 여신 '샤크티Shakti'와 동일시되기도 하고, 척추의 하단부에 몸을 감고 잠들어 있는 뱀의 형상으로 묘사되기도 한다. 즉 몸을 감고 있는 뱀의 형상은 근본적으로 '생명력'과 관련이 있다.

그런데 인수사신의 나가와 나기니가 서로 결합하고 있는 모습은 앞

---

한다. 가루다의 탄생에 관해서는 재미있는 전설이 있다. 현자 카시아파에게는 카드루와 비나타라는 아름다운 부인 두 명이 있었다. 카시아파는 이 둘에게 자식을 갖게 해주겠다고 했다. 카드루는 천 마리의 훌륭한 뱀을 낳고 싶어했고, 비나타는 카드루의 자식들보다 더 힘세고 용맹한 아들들을 낳기를 원했다. 결국 카드루는 천 개의 알을, 비나타는 두 개의 알을 낳았다. 500년이 지나자 카드루의 알에서 천 마리의 뱀이 나왔다. 하지만 비나타의 알은 그대로였다. 비나타가 알 하나를 깨보니 상반신만 성장한 아기가 들어 있었다. 그 아기는 새벽의 붉은빛인 마루나가 되었다. 그리고 다시 500년이 지나 드디어 나머지 하나의 알을 깨고 나온 것이 가루다였다. 가루다는 가장 용맹하고 위대한 새였다. 가루다는 비슈누의 탈것으로 선택되었다. 가루다는 비슈누를 태우고 다니면서 사악한 뱀, 나가와 싸웠다.

29 쿤달리니Kundalini는 또아리를 튼 뱀, 몸을 둘둘 말고 있는 뱀을 의미하며, 척추 기저에 또아리를 튼 뱀으로 묘사되곤 한다. 쿤달리니 요가는 신체의 수련을 통해 궁극적으로 해탈을 얻고자 하는 힌두교의 한 분파로서, 몸과 마음을 치유하고 영적 각성을 가능하게 하는 가장 빠른 길이라고 믿어진다. 쿤달리니의 각성은 육체의 한계를 뛰어넘는 초월이자 영적 삶의 시발점이라고 인식된다.

〈그림 29〉 남부인도 부타나타 사원의 나가칼 석비

〈그림 30〉 쿤달리니 요가에서 7개의 중심

서 살펴보았던 중국의 인수사신 복희여와 교미도와 기본적 형태가 동일하다. 〈그림 27〉에서 꼬리를 꼰 형태는 한 화상석의 교미상(〈그림 24〉나 〈그림 26〉)에서와 같은 방식이고 〈그림 28〉은 아스타나 비단그림에서 복희·여와가 꼬리를 꼰 형태와 동일하다. 그리고 문헌에서 나가에 대한 신앙은 기원전 10세기에 성립된 『리그베다Rig Veda』[30]에서부터 그 흔적을 찾아볼 수 있다. 이렇게 보았을 때 복희·여와와 나가·나기니의 교미도 사이에서 이른 시기 문화 교류의 가능성을 점쳐볼 수 있지 않을까?

게다가 서로 몸을 감고 있는 뱀 한 쌍의 도상 중 현존하는 가장 이른 예는 라가쉬의 구데아 왕[31]의 의례용 컵에 나타나는 문양이다. 이것은 기원전 2000년경의 수메르로 거슬러 올라간다.(〈그림 31〉) 이 컵에 그려진 뱀은 '닝기시즈다'라고 불리는데, 메소포타미아에서 지하세계의 신이다. '닝기시즈다'라는 이름은 수메르어로 '훌륭한 나무의 주인'이라는 뜻을 가지고 있다. 게다가 이 한쌍의 닝기시즈다 양쪽을 지키는 것은 두 마리 뱀이다. 수메르 신화에서 닝기시즈다는 두무즈와 더불어

---

30 『리그베다』는 브라만교 및 힌두교의 정전正典인 투리야Turiya의 하나로서 인도의 가장 오래된 문헌이자 인도 문화의 근원을 이루는 경전이다. 초기 아리아인 사회의 양상을 전해주는 귀중한 자료이며, 베다어는 산스크리트의 모체로 인도·유럽어 중 가장 오래된 언어의 하나로 전해진다. 총 10권, 1028개의 시구詩句로 이루어져 있으며 자연신을 숭배하는 노래를 중심으로, 혼인·장례·인생에 관한 노래, 천지창조에 대한 철학적 시가, 십왕十王의 전쟁에 관한 노래 등을 담고 있다. 대체로 기원전 1000년 전후에 성립된 것으로 추정된다. 자연신에 대한 찬가 중, 특히 번개의 신 인드라와 불의 신 아그니에 관한 찬가가 가장 많다.

31 구데아는 남 메소포타미아의 도시 라가시를 다스린 지배자(재위 : 기원전 2144~2124) 였다. 그는 아마 도시 출신이 아니며 라가시의 우르바바(재위 : 기원전 2164~2144)의 공주 니날라와 결혼하였다. 그리하여 라가시의 왕가에 들어갈 수 있었다. 그는 왕자 우르닌기르수에 의해 계승되었다.

아누의 천상을 지키는 두 보호신 중의 하나로서 아다파Adapa**32**의 신화에 출현한다. 닝기시즈다는 종종 '인간의 머리가 달린 큰 뱀', 즉 '인수사신'으로 묘사되기도 한다. 이 닝기시즈다 교미도는 헤르메스의 지팡이에 나타나는 카두세우스Caduceus**33** 교미도(〈그림 32〉)나 아스클레피오스의 지팡이, 모세의 지팡이에 나타나는 한 쌍의 뱀 이미지보다도 시기적으로 천 년 이상 앞선다.

그리스 신화에서 헤르메스가 지니고 다니는 '카두세우스'는 두 마리 뱀이 감겨 있는 짧은 지팡이이다. 헤르메스, 또는 로마의 머큐리는 신들의 전령이자, 죽은 자를 인도하고 상인, 목자, 도박꾼, 거짓말쟁이, 도둑들의 보호자이다. 따라서 카두세우스 역시 유사한 의미를 지닌다. 하지만 카두세우스는 의약이나 의술의 상징이 되기도 한다. 카두세우스와 종종 혼동되곤 하는 아스클레피우스의 지팡이 또한 의약과 의술

---

32  아다파Adapa는 메소포타미아 신화에 나오는 전설적 현인賢人이자 수메르의 도시 에리두의 시민이었다. 그는 모든 지혜를 가졌지만 불사의 생명을 얻지 못했다고 한다. 어느 날 아다파가 낚시를 하고 있는데 남풍 닌릴이 강하게 불어와 바다에 빠졌다. 화가 난 그는 남풍의 날개를 잘라버렸다. 이 때문에 하늘의 신 아누(안)는 그를 천상의 문 앞에 불러 벌을 주려했다. 그러자 에아가 아다파에게 하늘에서 빵과 물을 주더라도 먹지 말라고 주의를 주었다. 아다파가 아누의 앞에 당도했을 때 천상의 두 문지기 탐무즈와 닝기시즈다가 중재에 나섰다. 그들은 아누에게 아다파는 전지全知의 능력을 갖추었기 때문에 불사의 능력만 있으면 신이 될 수 있다고 설명했다. 이 말에 아누는 마음을 바꾸어 영생의 빵과 물을 제공했지만 아다파는 에아에게 들은 바가 있어 이것을 거절했다. 그리하여 인간은 죽을 수밖에 없는 존재가 되었다고 한다. 이 전설은 19세기에 니네베의 아슈르바니팔 도서관에서 발견된 설형문자판에 담겨 있다.

33  카두세우스는 신의 사자使者인 헤르메스가 평화의 상징으로 들고 다녔던 지팡이, 또는 그 장식인 두 마리의 뱀을 말한다. 이후 이 지팡이는 고대 그리스·로마에서 사자와 대사들이 자신의 비폭력성을 나타내기 위하여 가지고 다니는 상징물이 되었다. 원래는 나무 막대나 올리브 가지에 두 개의 순이 나 있고 화환이나 리본으로 장식되어 있었는데, 후에 이 화환이 서로 휘감겨 올라가는 두 마래 뱀으로 해석되었고, 헤르메스의 신속함을 상징하는 1쌍의 날개가 2마리 뱀 위에 달리게 되었다고 한다. 그 모양이 의신醫神 아스클레피오스의 지팡이와 매우 유사했기 때문에 오늘날에는 카두세우스가 의사의 상징으로 사용되고 있다.

〈그림 31〉 수메르 구데아왕의 컵 (펼친 그림)　　　　〈그림 32〉 헤르메스의 지팡이

의 상징인데, 여기에는 뱀이 한 마리이고 날개는 없다. 윌리엄 헤이즈
워드William Hayes Ward는 그리스의 카두세우스가 메소포타미아의 원통형
인장에 새겨진 닝기시즈다 상징에서 그 기원을 찾을 수 있다고 주장하
였다.[34]

　　이렇게 볼 때 인수사신 교미상의 연원을 과연 중국 고유의 뱀 토템
숭배, 용 토템숭배에서만 찾는 것이 타당한 것일까?[35] 물론 중국의 원
시시대에 뱀 숭배나 용 숭배가 존재했을 가능성을 부정하자는 것은 아
니다. 그리고 그런 신앙은 한나라 이후 중국에서 복희·여와를 새롭게

---

[34]　게다가 이렇게 몸을 교차하고 있는 뱀의 이미지는 저 멀리 남아메리카 아즈텍 문명에서
　　도 발견된다. 이렇게 볼 때 뱀에 대한 신앙은 문명교류에 의해서건, 인간의 사유 속에서
　　만들어지는 공통적 원형에 의해서건 아득한 옛날부터 신화 상징으로 널리 존재해왔음을
　　알 수 있다.
[35]　일례로 류웨이劉偉는 중국문헌 속에 등장하는 많은 신들이 '인수사신'의 모습을 하고 있
　　는 것을 근거로 뱀(용)이 중화민족의 '집단표상'이 되었다고 보았다. 「略論中國古代神話
　　中的"人首蛇身"形象」, 『嘉應學院學報(哲學社會科學)』第22卷 第5期, 2004.10.

결합시키고 그에 대한 신화를 정착시키는 데 하나의 바탕이 되었을 수 있다. 하지만 그 유래를 중국 고유의 신앙에서만 찾으려 하는 것은 조금 편협한 태도가 아닐까? 그리고 그것은 보다 다양한 해석의 가능성을 봉쇄하는 것이 아닐까?

인수사신 교미도에 한정해서 볼 때, 이 이미지는 한 화상석의 〈복희여와도〉 이전에는 중국에서 발견되지 않는다. 이런 도상의 공유가 만약 문명교류에 의한 것이라고 가정한다면, 〈복희여와도〉의 인수사신 교미라는 형식은 중국 고유의 자생적 형식이라기보다 인도나 메소포타미아 등 다른 지역 문화의 영향을 받은 결과라고 추측해 볼 수 있다. 그리고 이것은 실크로드가 개척되기 시작한 시기의 산물로서, 상당히 이른 시기부터 유라시아 대륙에서 동서 방향의 교류 뿐 아니라 남북 방향의 교류가 이루어진 흔적으로도 볼 수 있다. 이렇게 인수사신 교미도가 나타나는 지역들만 추적해 보아도 실크로드에 대한 일의적이고 단선적인 이해에서 벗어나 보다 유연한 시각으로 이 네트워크에 접근할 필요가 있다. 또한 이런 유연한 시각은 자문화중심주의적 시야를 넘어 교차문화적 시야에서 볼 때 열리는 학문의 풍요로움을 예감하게 한다.


## 2. 상반신은 사람, 하반신은 뱀

앞에서 다룬 사신교미상蛇身交尾像들을 보면 복희 · 여와 외에 인도의 나가교미상 역시 상반신은 사람에 하반신은 뱀인 경우를 발견할 수 있었다. 중국에서는 이것을 보통 '인수사신人首蛇身'이라고 부르는데,[36] 머리 부분만 사람의 모습인 것이 아니므로 정확히 하자면 반인반사牛人牛蛇라고 할 수 있다. 혹은, 상반신이 사람이고 하반신이 물고기인 경우를 '인어人魚'라고 하는 것에 비추어 '인사人蛇'라고 부를 수 있지 않을까?

어쨌거나 이러한 '반인반사'의 이미지는 중국과 인도 외에도 유럽과 아시아 각지에서 어렵지 않게 찾아볼 수 있다. 특히 유럽의 신화와 전설에는 반인반사의 신이나 괴물, 요정의 이야기가 적지 않다. 예컨대 그리스 신화에서 "모든 괴물들의 부모"라고 불리는 티폰Typhon과 에키드나Echidna는 둘 다 반인반사의 존재이다. '태풍'을 뜻하는 타이푼 typhoon이 티폰에서 유래했다는 사실은 잘 알려져 있다. 티폰은 가이아 Gaia와 타르타로스Tartarus[37]의 막내아들인데, 그는 키와 힘으로 능가할 자가 없었다. 그는 머리가 별들에 부딪힐 정도로 키가 컸으며, "팔을 벌리면 한 손은 동방에 다른 한 손은 서방에 닿았고, 손가락 대신 백 마리 용의 머리가 달려 있었다."[38] 그와의 싸움은 제우스가 치러야했던 가장 힘겨운 싸움 중의 하나였다.

제우스는 멀리서 벼락을 날려 보냈고, 주먹다짐을 하여 강철 산으로 그를 쓰러뜨렸다. 티폰은 가벼운 부상을 입었을 뿐 싸움에 이겨 제우스에게

---

36  중국신화에는 이러한 인수사신의 신들이 종종 등장한다. 『산해경山海經』「해외북경海外北經」과 『회남자淮南子』「지형훈地形訓」에 나오는 독룡獨龍도 인수사신이었다고 한다.

37  호메로스의 서사시와 헤시오도스의 『신통기』에서 타르타로스는 세상의 가장 깊은 곳, 하데스(하계)보다도 아래 있는 곳으로 일컬어진다. 신들은 대대로 자기의 원수들을 타르타로스에 가두어 놓았다고 한다. 타르타로스는 올림포스의 신들도 두려워하는 곳이다. 『신통기』에서는 타르타로스가 의인화되어 에로스, 카오스, 가이아와 함께 세상을 구성하는 기본 요소들 중 하나로 나타난다. 타르타로스는 가이아와 결합하여 티폰, 에키드나 등 다양한 괴물들을 낳았다고 한다.

38  피에르 그리말, 최애리 외역, 『그리스 로마 신화사전』, 열린책들, 2003, 542쪽.

〈그림 33〉〈제우스와 티폰의 싸움〉
기원전 540~530년경의 것으로 추정되며, 칼키디키 반도에서 출토된 히드리아(물항아리)
이다. 제우스가 티폰에게 번개를 던지고 있다. 티폰은 상반신은 사람, 하반신은 뱀의 모습
으로 표현되었다.

서 낫을 빼앗았다. 그는 제우스의 팔다리 힘줄을 끊었고, 무력해진 그를 킬
리키아까지 메고 가서 코리코스 동굴 안에 가두었다. 그는 제우스의 힘줄
과 근육을 곰 가죽에 싸서 암용 델피네에게 지키게 했다. 헤르메스와 판(또
는 카드모스)은 힘줄을 훔쳐 제우스의 몸에 다시 붙여 주었다. 즉시 힘을
되찾은 제우스는 날개 달린 말들이 이끄는 수레를 타고 하늘로 올라가, 괴
물에게 벼락을 내리기 시작했다. 제우스의 추적은 계속되었고, 티폰은 달
아나며 시칠리아 바다를 건너다가 제우스가 던진 에트나 산에 깔려 죽었
다. 에트나에서 나오는 불길은 티폰이 토해 내는 것이라고도 하고 제우스
가 던진 벼락의 잔재라고도 한다.[39]

한편 티폰과 함께 오르트로스, 케르베로스, 히드라, 키마이라, 픽스, 네메아의 사자, 콜키스의 용 등 온갖 괴물을 낳은 에키드나는 상반신은 여자이고 하반신은 뱀이었다고 하니, 복희·여와처럼 참으로 잘 어울리는 한 쌍이 아닐 수 없다. 에키드나의 탄생에 대해서는 여러 가지 설이 있다. 헤시오도스는 에키드나가 케토Ceto와 포르키스Phorcys**40**의 딸이라고 하였고, 아폴로도루스는 티폰처럼 에키드나도 타르타로스와 가이아 사이에서 태어났다고 하였다. 그밖에 스틱스Styx**41**나 크리사오르Chrysaor**42**의 딸이라는 설, 크리사오르와 물의 정령인 칼리로에Callirhoe**43**의 딸이라는 설도 있다. 일설에는 제우스가 티폰을 에트나 산 밑에 가두어버린 후, 에키드나와 그 자식들은 살려두었는데 이후 그들은 영웅들의 도전을 받게 되었다고 한다. 예컨대 히드라나 네메아

---

**39** 피에르 그리말, 위의 책, 542쪽을 참고하여 필자가 일부 요약하였다.

**40** 케토라는 이름은 고래를 비롯한 바다 괴물을 뜻하는 케토스를 연상시킨다. 케토는 포르키스와 결혼하여 그라이아이, 고르고네스, 헤스페리데스, 그리고 헤스페리데스의 사과들을 지키는 용을 낳았다고 한다. 괴물 포르키스는 신들의 첫 세대에 속하는 해신들 중의 한 명이다. 헤시오도스의 『신통기』에 따르면 폰토스와 포르키스는 가이아(대지)와 폰토스(바다)의 결합으로 낳은 딸과 아들이라고 한다.

**41** 스틱스는 하계에 흐르는 강이다. 스틱스의 물은 신들이 엄숙히 맹세할 때 그 보증으로 쓰였다. 어떤 신이 맹세를 하고자 할 때 제우스는 이리스를 보내 스틱스 강물을 한 병 떠서 올림포스로 가져와 증인으로 삼았다. 만일 신이 맹세를 깨뜨리면, 그는 1년 내내 숨을 쉴 수 없었고 암브로시아나 넥타르도 입에 댈 수 없었다. 그리고 이후 9년 동안 다른 신들로부터 격리되어야 했다. 하계는 스틱스의 아홉 물굽이에 둘러싸여 있다고 한다. 에피메니데스에 의하면 스틱스는 페이라스와 결합하여 에키드나를 낳았다고 한다.

**42** 크리사오르는 '황금칼의 남자'로 날개 달린 말 페가수스와 마찬가지로 포세이돈과 메두사(고르곤)의 아들이다. 페르세우스가 고르곤의 목을 치자 거기에서 크리사오르와 페가소스가 태어났다. 크리사오르는 태어나자마자 황금 칼을 휘둘렀다. 그는 오케아노스의 딸 칼리로에와 결합하여 게리오네우스와 에키드나를 낳았다.

**43** '아름다운 샘물'이라는 이름을 가진 칼리로에라는 여인은 여러 명이 있는데 에키드나를 낳았다고 하는 칼리로에는 오케아노스와 테티스의 딸이다. 그밖에도 칼리로에는 하신 아켈로오스의 딸, 하신 스카만드로스의 딸, 리비아 왕 리코스의 딸, 칼리돈 근처에 있는 샘의 이름이기도 하다.

의 사자, 헤리페리데스의 사과들을 지키는 용 등은 모두 헤라클레스의 도전을 받는다. 한편 흑해 연안의 그리스 식민지에서에는 에키드나와 헤라클레스에 대한 상당히 다른 이야기가 전해진다.

헤라클레스는 스키티아에서 말들에게 풀을 뜯어먹게 하고 잠을 청했다. 잠에서 깨어나자 말들이 온데간데 없었다. 그는 말들을 찾아다니다가 동굴에 살고 있던 에키드나를 만났다. 에키드나는 자기와 동침한다면 그에게 말들을 돌려주겠다고 약속했다. 헤라클레스는 그의 청을 들어주었고, 그 결과 태어난 에키드나의 자식들이 아가티르소스, 겔로노스(겔로노이족 도시의 조상), 스키테스(스키티아 족의 조상) 등이다.[44]

이 흑해 연안에 전해지는 이야기 속에서 에키드나는 헤라클레스와 더불어 여러 민족의 조상이 된다. 하지만 나중에 기독교에서는 에키드나를 음란한 매춘부의 상징으로 간주했다고 한다. 매력적인 미녀의 상반신에 미혹되면 결국 죄로 가득한 뱀의 하반신에 잡혀 욕망의 포로가 되어버린다고 해석된 것이었다.[45] 기독교에서 뱀을 간교한 유혹자로 그리고 있는 예는 대단히 많지만 무엇보다 「창세기」에서 이브에게 선악과를 먹도록 부추긴 뱀의 이야기가 유명하다. 「창세기」에서는 "여호와 하나님의 지으신 들짐승 중에 뱀이 가장 간교하더라"[46]라고 명시적으로 말하고 있다. 그리고 여자 이브는 뱀의 꾐에 넘어가 아담까지 금

---

44 피에르 그리말, 위의 책, 358~359쪽 참고.
45 소노자키 토루, 임희선 역, 『환수 드래곤』, 들녘, 2000, 276쪽.
46 「창세기」 3 : 1, 『성경전서』 개역한글판, 대한성서공회, 1998.

〈그림 34〉 〈아담과 이브의 원죄〉
바티칸 시스티나 예배당 천정벽화

기를 위반하게 만드는 공모자가 된다.

> 아담이 가로되 '하나님이 주셔서 나와 함께하게 하신 여자 그가 그 나무
> 실과를 주므로 내가 먹었나이다.' 여호와 하나님이 여자에게 이르시되 '네
> 가 어찌하여 이렇게 하였느냐?' 여자가 가로되 '뱀이 나를 꾀므로 내가 먹었
> 나이다.'
>
> ―「창세기」3 : 12∼13

이렇게 유혹자로서 뱀의 성격과 여성성이 결합되는 경우는 일본 전
설에 등장하는 기요히메(淸姬)를 연상시킨다. 기요히메는 남자를 원하
는 마음이 너무 강한 나머지 뱀이 되어버린 여자이다. 기요히메는 큰
뱀으로 변해서 자신과 결혼하지 않고 도망친 승려 안친(女珍)을 뒤쫓아
입에서 불을 내뿜으며 도조지(道成寺)의 종 속에 숨은 안친을 종과 함께
불태워 죽였다고 한다.[47] 이러한 일련의 이야기들은 1장에서 살펴본

중국의 전설 중, 미녀로 변해 젊은 남자를 유혹하고 그 피를 빨아들여 죽인 늙은 교룡의 이미지와도 겹친다.

하지만 반인반사의 존재나, 뱀과 여성성의 결합이 유럽의 신화 전설에서 꼭 이렇게 무시무시하고 사람을 해치는 괴물의 이미지로만 등장하는 것은 아니다. 예컨대 5세기 프랑스 중부 포와트 지방에 전해지는 멜뤼진Melusine 전설에서 멜뤼진은 '뤼지냥의 어머니'로 불리며 추앙되는 반인반사의 요정이다. 포와트 지방에는 뤼지냥Lusignan 가문이 다스리는 뤼지냥이라는 도시가 있었는데, 이곳에는 아주 정교하고 견고하게 지어진 성과 교회가 있었다고 한다. 이 도시와 관련된 멜뤼진 전설은 다음과 같다.

포와티에 가문의 에멜리히 백작과 그의 양자 라이몬단이 숲에서 사냥을 하고 있었다. 갑자기 사나운 멧돼지가 백작에게 달려들자, 라이몬단은 창으로 멧돼지를 찔렀는데 실수로 에멜리히 백작까지 찔러 죽이게 되었다. 라이몬단은 어쩔 줄 모르며 숲속을 헤매다가 아름다운 아가씨 셋이 있는 샘물가에 이르게 되었다. 그 중 한 아가씨인 멜뤼진이 라이몬단에게 자신과 결혼해주고, 토요일에는 자유롭게 놓아주고 절대로 찾지도, 이유를 묻지도 않을 것을 약속한다면 라이몬단을 궁지에서 구해주겠다고 말한다. 라이몬단은 좋다고 하고, 멜뤼진에게 지혜를 얻어 양아버지의 나라로 돌아갔다. 멜뤼진의 조언대로 하자, 라이몬단은 과실을 문책당하는 일 없이 샘을 중심으로 한 넓은 영지까지 유산으로 물려받게 되었고, 약속대로 멜뤼

---

47 이 이야기는 일본 기슈 지방에 전해오는 설화이며, 헤이안 시대에 쓰인 『대일본국법화험기大日本國法華驗記』, 『콘자쿠모노가타리슈今昔物語集』 등의 문헌에 그 기록이 전한다.

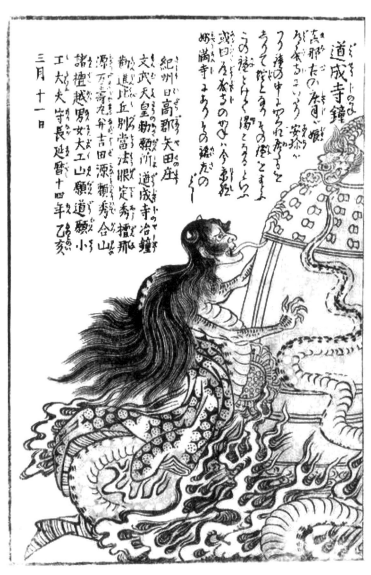

〈그림 35〉〈기요히메와 도조지(道成寺)의 종〉

진과 결혼했다.

그런데 멜뤼진에게는 신비한 힘이 있었다. 어디에서인지 모르게 많은 보물을 가지고 오기도 하고, 하룻밤 사이에 훌륭한 성과 교회를 짓기도 했다. 그리고 토요일마다 모습을 감췄다. 하지만 라이몬단은 약속대로 결코 아내에게 그 일에 대해 묻지 않았다. 둘 사이에서는 건강한 사내아이도 열 명이나 태어났는데, 조금씩 이상한 구석은 있었다. 볼에 사자의 앞발자국이 나 있거나, 늑대처럼 털이 나 있거나, 이마 한가운데에만 눈이 있거나 하는 식이었다. 하지만 그들은 모두 용감하고 훌륭한 기사들로 자라났고, 부부는 행복한 나날을 보내고 있었다.

하지만 멜뤼진이 토요일마다 모습을 감춘다는 사실이 알려지자 점차 그녀에 대한 안 좋은 소문이 돌기 시작했다. 토요일마다 멜뤼진이 요괴를 불러 모은다거나, 숨겨놓은 애인이 있다는 등의 소문이었다. 결국 라이몬단은 약속을 어기고 어느 토요일, 멜뤼진의 뒤를 밟았다. 라이몬단은 성의 높은 탑에 올라가 목욕을 하고 있는 멜뤼진을 보고 충격에 빠졌다. 아름다운 얼굴이나 상반신은 그대로였지만 허리 아래는 무시무시한 큰 뱀이었던 것이다. 라이몬단은 자신이 약속을 어겼음을 깊이 후회했지만, 멜뤼진은 이제 더 이상 인간 세상에 머물 수 없다며 남편에게 이별을 고하고 날아갔다.

멜뤼진은 그야말로 한 가문의 선조가 되는 어머니이자, 지혜의 전달자이며, 문화영웅의 모습을 다 지니고 있다. 이것은 인류창조와 문화창조의 영웅으로 그려진 복희·여와의 역할과도 겹친다. 그런가하면 멜뤼진은 뱀이라는 존재가 주는 두려움까지 구유한다. 그것은 인간의 일상적 삶과는 격리 되고 감추어져야 하는 무엇이며, 그 날것으로서의

〈그림 36〉 〈라이몬단에게 본모습을 들킨 멜뤼진〉 작자미상, 1450~1500년경

모습이 드러난다면 더 이상 인간과 함께 할 수 없는 위험요소가 된다.

이렇게 인간과 뱀이라는 수성獸性의 결합은 인간의 삶과 야생, 문화와 자연의 경계에서 그 거대하고 위험한 힘을 발휘한다. 그것은 왕성한 생명력이나 지혜인 동시에, 괴물과 같은 파괴력이자 금기를 위반하게 하는 간교함이다. 경계의 존재로서 반인반사가 지니는 이러한 양가성은 물을 다스리는 자이자 물을 교란시키는 자로서의 용의 양가적 권능[48]과 오버랩 된다.

---

**48** 1장 3, 4절 참고.

## 3. 미르, 용, 드래곤 그리고 수많은 이름들

용과 같거나 비슷한 존재로 간주되는 신화적 뱀이나 용 그 자체가 지닌 이중적 성격은 일반적으로 물의 성격과 동형성을 지닌다. 한국에서도 용에 관련된 전설은 대부분 물과의 관련성이 크다. 『삼국사기三國史記』권4 진평왕眞平王 50년(628)에는 이런 기록이 전한다.

> 여름에 큰 가뭄이 있어 시장을 옮기고 용을 그려 비를 빌었다.
> 夏大旱, 移市, 畵龍祈雨.

이밖에도 『고려사高麗史』 현종顯宗 12년(1021)의 기록에 따르면 "남성南城의 뜰 가운데 흙으로 용을 만들어 놓고 무당들을 모아 비를 빌었다"고 하며, 조선시대에도 비를 빌 때는 다섯 방향의 용에게 제사를 지냈다는 기록이 있다.

> 성현成俔의 『용재총화慵齋叢話』에서 말했다. "비를 비는 의례는 먼저 5부[49]에 명령을 내려 하수구와 도랑을 청소하고 밭두렁과 거리를 깨끗하게 한다. 다음으로 종묘와 사직에 제사하고, 그 다음에 4대문에 제사한다. 그 다음으로 오룡제五龍祭를 지내는데, 동쪽 교외에서는 청룡靑龍, 남쪽 교외에서는 적룡赤龍, 서쪽 교외에서는 백룡白龍, 북쪽 교외에서는 흑룡黑龍, 그리고 중앙의 종루거리에는 황룡黃龍을 그려서, 관리에 명하여 제사를 드리

---

[49] 태조 3년(1394)에 서울의 행정구역을 다섯으로 나누고, 이를 5부라고 했다.

게 하고 사흘이 되면 중지한다. 또 저자도楮子島[50]에서 용제龍祭를 베풀고, 도사들에게 『용왕경龍王經』[51]을 외우게 한다. 또 호랑이 머리를 박연朴淵, 양진楊津 등에 던져 넣는다.[52]

호랑이 머리를 박연폭포나 광나루에 던져 넣었다는 것은 아마도 용에게 귀한 먹이를 던져주는 행위일 것이다. 이렇게 동서남북과 중앙의 용을 잘 대접하여 인간에게 필요한 고마운 비를 내려주십사 기원했던 것이다.[53] 다섯 방위마다 그 방위를 관장하는 용이 따로 있고, 그것이 오행의 원리에 따라 다섯 색깔의 용으로 인식되었다는 점이 흥미롭다. 이밖에도 바다에는 수부水府, 즉 용궁에 사는 용신龍神이 있다고 여겨져, 밥과 쌀로 밥을 지어 배에서 '용신굿'을 지내며 물속에 던져 고기들에게 공양하기도 하였다.[54] 배를 타고 다니며 고기를 잡거나 장사를 하는 이들은 바다에 풍랑이 일지 않고 바닷길이 순탄하기를 바란다. 따라서 바다의 풍랑을 좌우할 수 있는 용신(용왕)의 신경이 날카로워지지 않도록 젯밥을 드리며 예의를 차렸던 것이다. 게다가 경북 경주시 양북면 앞바다에 있는 사적 제158호 대왕암은 삼국통일의 주역 문무왕

---

50  서울 도성의 동쪽으로 25리 거리의 삼전도三田渡의 서쪽에 있는 섬으로, 이곳에 기우제단이 있었다고 한다.
51  구체적으로 어떤 경전인지는 알 수 없지만, 조선시대 기우제 때 읽던 경전이며, 『조선무속고』를 역주한 서영대에 따르면 『용왕경』은 조선시대 도교 관리 선발시험 과목이었고 기우제에 이 경을 읽는 것도 도교 관리들이었으므로 불교 경전이 아닌 도교 경전일 것이라고 한다.
52  이능화, 서영대 역주, 『조선무속고』, 창비, 2008, 122쪽.
53  실제로 전국 각지에는 용강龍江·용지龍池·용연龍淵·용담龍潭·용추龍秋·용정龍井·용소龍沼 등의 지명이 없는 곳이 없을 정도로 널리 분포하고 있으며, 이들 장소는 용을 위해 제사한 곳이라고 한다. (이동철, 『한국 용설화의 역사적 전개』, 민속원, 2005. 61쪽)
54  이것을 '어보시魚布施'라고 한다. 이능화, 위의 책, 296쪽.

이 죽은 후 호국대룡護國大龍이 되어 동해를 지키고 있다는 문무왕의 수중릉이다.

그런데 이러한 용 신앙은 중국에서 유래한 것일까? 중국에도 분명히 물을 관장하는 용에 대한 신앙이 있었고, 또 우리와 비슷하게 제사를 지내는 풍속이 있었으니 분명히 그 영향을 받긴 하였을 것이다. 하지만 『훈몽자회訓蒙字會』를 비롯한 고문헌을 보면 '용'이라는 말이 들어오기 이전에 한국에는 '미르' 또는 '미리'라고 하는 고유의 개념어가 있었으며,[55] 신석기 말에 새겨졌다고 하는 반구대암각화(국보 285호)에도 용으로 보이는 문양이 있다. 이런 것들로 미루어 보면 용에 대한 신앙이나 전통은 한국에서도 신석기시대부터 존재하고 있었는데, 이후 중국 등과의 교류를 통해 용 문화도 서로 영향을 주고받았으리라고 추측할 수 있다.

한편 일본에서도 용은 물과 관련이 깊은 존재였다. 일본인들은 각지의 신사에 용왕을 모시고, 매년 농사가 시작되기 전에 아마고이마츠리(雨乞祭)라고 하는 기우제를 지냈다. 또한 수많은 용의 이야기가 전해지는 『콘자쿠모노가타리슈(今昔物語集)』에는 앞서 살펴본 키요히메 이야기 외에도, 법화경의 공덕으로 구제된 용이 범천梵天을 등지고 사람을 위해서 비를 내리고 죽임을 당하여 절에 묻힌 이야기, 소나기를 만난 한 남자가 벼락에서 금룡을 본 이야기 등이 전해진다.[56]

인도에서도 뱀의 정령이나 용에 대한 숭배는 늘 물과 주술적 · 종교

---

55 경상도와 제주도에는 지금도 '미리'라는 말을 쓰고 있으며, 은하수를 미리내라고 부르는 것도 이와 관련이 있다고 한다. 이혜화, 『미르』, 북바이북, 2012, 13~14쪽 참고.

56 하마다 요, 「일본의 종교전통과 용이 구하는 구원」, 이어령 편, 『십이지신 용』, 생각의나무, 2010, 222쪽 참고.

적 관계를 유지한다. "나가는 수중의 낙원에 살며 강, 호수, 바다의 호화스런 궁전에 산다."[57] 그들은 연못이나 우물, 샘에도 거주하며 물을 주재한다. 비슈누는 우주의 바다를 건널 때 나가의 왕 쉐샤Śeṣa의 등에 올라탄다. 또 다른 나가인 바수끼Vāsuki는 우유의 바다를 뒤흔들 때 제 몸을 새끼줄 삼아 휘젓는 막대를 지탱해주는 행위로 순결한 존재가 되었고, 이후 악마와 싸우는 시바를 돕게 된다. 또한 나가는 이후 불교에서 팔부신중八部神衆[58]의 하나가 되어 불법을 수호하게 된다.

그런데 중국이나 한국, 일본, 인도 등에서 용이 이렇게 '경외'(이 말이 지니는 양가성을 염두에 두자)의 대상이며 길상으로서의 비중이 더 큰 반면, 바빌로니아, 페르시아, 이집트, 그리스, 그리고 유럽 각지의 용은 대부분 '두려움의 대상' 그 자체이며 그 두려움을 떨치기 위해 퇴치되어야 할 것으로 그려진다. 그리고 그 뿌리는 매우 깊다. 우선 가장 널리 알려진 성 게오르기우스St. Georgius가 용을 퇴치한 이야기를 보자.

무시무시한 용 한 마리가 리비아Lybia 지방의 실레나Silena라고 하는 도시 근처에 있는 호수에 살았다. 그 용은 역병을 일으키는 골칫거리였다. 주민들이 여러 번 용과 싸워보았지만 용은 성벽 위까지 올라와 독기 가득한 숨을 뿜어대며 주민들을 죽였다. 할 수 없이 이 용을 달래기 위해 마을 사람들은 매일 양 두 마리를 가져가 용에게 주었다. 하지만 결국 양이 모자라게 되자, 사람들은 양 한 마리와 제비뽑기로 젊은이 한 명을 선택하여 공물로 바

---

**57** 이은구, 『인도의 신화』, 세창미디어, 2003, 99쪽.
**58** 팔부신중은 천天, 용龍, 야차夜叉, 건달바乾達婆, 아수라阿修羅, 가루라迦樓羅, 긴나라緊那羅, 마후라가摩睺羅伽이다.

쳤다. 그러다 젊은이들도 금세 줄어들어, 결국에는 왕의 외동딸을 바쳐야 하는 지경에 이르렀다. 왕은 슬픔으로 정신을 잃고 말았다. "나의 금과 은 그리고 내 왕국의 절반을 가져도 좋으니 내 딸은 놓아주고 죽이지 말아다오!" 그러자 백성들은 노하여 펄펄 뛰며 공주라고 예외로 할 수는 없다고 했다. 결국 공주는 제물이 되기 위해 눈물을 머금고 양 한 마리를 이끌고 호수로 향했다. 그때 마침 카파도키아 Cappadocia 에서 온 신앙심 깊은 기사 게오르기우스가 울면서 길을 가던 공주와 마주쳤다. 사정을 알게 된 그는 호수 밖으로 머리를 내민 용에게 접근하여 공격을 퍼부었다. 결국 창으로 용을 쓰러뜨린 그는 공주에게 허리띠로 용의 목을 묶게 했다. 그러자 용이 일어나 끈에 묶인 개처럼 공주를 따라 갔다. 그들은 다시 도시에 이르렀다. 사람들이 용을 보고 깜짝 놀라 달아나자 게오르기우스가 돌아오라는 신호를 보내며 말했다. "두려워할 필요 없습니다. 주님께서 이 용이 당신들에게 끼쳤던 위험에서 당신들을 구하시려고 나를 보냈습니다. 여러분 모두가 그리스도를 믿고 세례를 받으십시오. 그러면 제가 용을 죽이겠습니다." 그러자 왕과 백성들이 모두 세례를 받았고, 게오르기우스는 칼을 뽑아 용을 죽였다.[59]

그 후 게오르기우스는 다시 길을 떠났으나 후에 로마 황제 디오클레티아누스의 박해로 체포되었고, 결국 갖은 고문을 받다가 결국 303년에 참수형을 당했다고 한다.[60] 이 이야기는 제노바의 대주교이자 도미니크수도회의 보라기네의 야코부스 Jacobus de Voragine 가 13세기에 쓴 『황

---

59  보라기네의 야코부스, 윤기향 역, 『황금전설』, 크리스찬다이제스트, 2007, 386~388쪽의 내용을 필자가 요약하였다.
60  게오르기우스(?~303)는 초기 기독교의 순교자이자 14성인 중 한 사람이며, 그의 축일은 4월 23일이다. 그의 무덤은 이스라엘의 리다에 있었다.

〈그림 37〉 〈성 게오르기우스와 용〉
귀스타브 모로(1826～1898) 그림

금전설*The Golden Legend*』 제58장에 실린 것이다. 하지만 그가 용을 퇴치한 이야기는 5세기 무렵부터 보이기 시작하며 중세 유럽에서 널리 알려졌다고 한다.

기독교 전설에는 성 게오르기우스 이야기 외에도 성인이 악마의 화신인 용을 무찌르는 이야기가 숱하게 전해진다. 유럽 각지에서도 이와 비슷하게 용을 퇴치하는 영웅 전설들을 쉽게 발견할 수 있다. 다음은 폴란드의 전설적인 영웅이자 왕, 크라크가 바벨 성의 용을 물리치고 크라쿠프[61]를 세운 이야기이다.

---

61 크라쿠프는 폴란드 남부에 위치하고 있으며 중세 폴란드 야기엘론스키 왕조(1386～1572)의 수도였다.

폴란드의 옛 수도였던 크라쿠프에는 '바벨Wavel' 언덕이 있다. 이 언덕의 지하 동굴에는 용이 한 마리 살았는데, 그 용은 송아지 세 마리를 한 입에 삼켜버리는 무시무시한 식욕을 가지고 있었다. 마을 사람들은 용에게 잡아먹히지 않도록 매일 세 마리의 송아지와 세 마리의 양을 희생물로 바쳤다. 어느 날 마을을 다스리던 지도자인 크라크 수쿠바Krak Skuba의 꿈속에 다음과 같은 계시가 들려왔다.

"양과 수송아지를 죽여 그 내장을 전부 강물에다 버린 뒤, 뜨거운 송진과 불타는 유황을 있는 대로 모아서 짐승의 뱃속에 채워 넣어라! 그리고는 용이 배가 고파서 고함칠 때 용의 동굴에다 고깃덩이를 던져 넣어라. 용이 그 불씨를 집어삼키는 순간 내장이 불에 타서 그 무서운 야수는 터져버리고 말 것이다."

크라크는 그 길로 달려가서 양과 수송아지를 죽인 뒤, 유황과 송진을 그 안에 잔뜩 집어넣고는 용이 서식하는 동굴까지 낑낑거리며 끌고 갔다. 용이 배고픔으로 화가 나서 울부짖으며 배고픈 입을 벌리는 순간, 크라크는 옳다구나 하고 먹잇감을 던져주었다. 배가 고픈 용은 짐승을 꿀떡 삼켰다. 잠시 후 용은 산 전체가 진동하고, 마을이 뿌리 채 흔들릴 정도로 거대한 괴성을 질렀다. 뱃속에 불이 붙어 내장이 모두 타 버린 용은 동굴 밖으로 머리를 내밀고, 비스와 강으로 달려가 단숨에 강물을 들이마시기 시작했다. 어찌나 물을 많이 마셨던지 몸이 풍선처럼 부풀어 오르더니 결국에는 무시무시한 고함을 지르며 터져버렸다. 그 순간 크라크는 검을 들고 성에서 나와 그 끔찍한 괴물의 머리를 단숨에 베어 횃대 위에 높이 걸었다.

"보아라, 친애하는 동포들이여! 드디어 우리의 고난도 끝이 났다. 새들은 즐거이 지저귀고, 들판의 산들바람은 노랫소리를 싣고 나부낀다. 농부들이여! 어서 들판으로 나오게나. 목동들이여! 가축을 몰고 언덕을 오르라. 아이들이여! 숲으로 가라. 이미 이 땅에서 용은 사라졌도다."

용의 동굴 위로 우뚝 솟은 산중턱에는 돌로 만든 성이 세워지고, 크라크는 왕이 되어 사람들을 평화롭게 다스렸다. '크라쿠프'라는 지명은 바로 이 '크라크'의 이름에서 유래한 것이다.[62]

여기에서 용은 지하세계의 괴물이자 인간들로부터 가축을 요구하는 약탈자이다. 그런데 사실 동아시아의 전설을 보면, 중국·한국·일본 등지에도 용에게 제물을 바치는 일은 있었다. 동아시아인들에게도 용은 분명 두려움과 경계의 대상이었다. 하지만 그것은 정해진 때에 정해진 방식으로 이루어졌고, 그렇게 하면 용이 인간을 해치지 않으리라는 믿음이 있었다. 물론 그런 기대에서 벗어나는 경우도 있다. 이빙의 치수신화에 등장하는 교룡이나, 한국의 전설에 나오는 이무기는 끝도 없이 과도하게 제물을 요구한다. 그 끝이 없고 탐욕스러운 요구는 인간과의 공존이나 화해를 불가능하게 만들고, 그 때 필요한 것은 그 악의 고리를 끊어줄 영웅이나 용 도살자dragon slayer의 등장이다. 그런데 서양의 용들은 대부분 인간과의 공존이나 화해가 애당초 불가능한 존재로 그려진다. 한 가지 예를 더 들어보자. 그림 형제가 지은 『그림 전설집』에는 빙켈리트라는 살인자가 용을 죽이고, 그 자신도 죽음에 이르는 이야기가 전해진다.

---

62 권혁재·김상헌·김신규·이호창·최성은, 『동유럽신화』, 한국외대 출판부, 2008, 249~250쪽.

아주 옛날에 빌러Wyler 마을 근처 아래 숲에는 끔찍한 용이 한 마리 살았는데, 그 용은 짐승이든 사람이든 걸려드는 것은 무엇이든지 죽여서 그 일대를 황폐하게 만들었다. 그래서 그 지역의 이름까지 '황폐한 빌러Oedwyler'로 바뀌었다.

빙켈리트라 불리는, 그 지역 사람 하나가 몹쓸 살인죄를 저질러 나라를 떠나 도망쳐야만 하게 되었는데, 자기가 고향 땅에 사는 것을 허락해 준다면 용을 공격하여 죽이겠다고 자청하고 나섰다.

그러자 사람들은 기뻐하면서 그가 다시 고향에 사는 것을 허락하였다. 그는 용이 아가리를 벌렸을 때 그 안에 가시덤불 뭉치를 집어넣어서 괴물을 쓰러뜨렸다. 용은 가시덤불을 뱉어내려고 아무리 애를 써보아도 잘 되지 않자 방어를 늦추었고, 영웅이 그 허점을 이용했던 것이다. 그는 용을 이긴 것이 너무나 기뻐서 용의 피가 뚝뚝 떨어지는 칼을 든 팔을 번쩍 들어올리고 사람들에게 자신의 승리를 알렸다.

그 순간 독이 있는 용의 피가 그의 팔로 흘러들어, 맨살에 그 피가 묻자 그는 곧바로 목숨을 잃었다. 하지만 이 지역은 구원을 받았다. 오늘날에도 사람들은 용이 살던 암벽의 집을 보여주면서 그것을 '용 동굴'이라고 부른다.[63]

이 이야기에서 빙켈리트가 용의 피가 닿자마자 죽어버린 것을 안인희는 중세 서사시 〈니벨룽겐의 노래Nibelungenlied〉[64]에서 용의 피를 몸

---

**63** 그림 형제, 안인희 역, 『그림 전설집』, 웅진지식하우스, 2006, 105~107쪽.
**64** 〈니벨룽겐의 노래Nibelungenlied〉는 1200년경 도나우 출신의 오스트리아 작가가 중세 고지高地 독일어로 쓴 서사시이다. 이 작품은 3개의 주요사본이 있는데 각각 뮌헨과 생갈, 도나우에슁겐에 있으며, 그 중 생갈에 있는 사본이 가장 정본이라고 알려져 있다. 작품의 내용은 전반부와 후반부로 나뉘는데 전반부의 내용은 다음과 같다.
라인 강 하류지방의 지크프리트 왕자는 부모의 경고에도 불구하고 보름스 지방 부르군

에 묻힌 지크프리트(지구르트)의 이야기와 비교한다.[65] 지크프리트는 용을 죽이고 그 피를 온 몸에 묻히는데, 용의 피가 묻힌 곳은 창이 뚫을 수 없게 된다. 하지만 나뭇잎이 떨어져 등의 한 군데에만 용의 피가 묻지 않게 되고, 결국은 하겐이 그 자리를 찔러 지크프리트가 죽음에 이르게 된다. 지크프리트가 죽인 용은 '파프니르'였는데, 그 용은 아버지 흐레이르마르를 죽이고 자신의 형제인 레긴과 보물을 나눠 갖지 않으려고 용으로 변하여 금을 지켰다. 대장장이의 모습을 한 레긴은 지크프리트에게 칼을 만들어주며[66] 용을 죽여 달라고 설득한다.

게르만족뿐 아니라 앵글로색슨족의 서사시에서도 영웅 베오울프는 용 도살자의 역할을 맡는다. 『베오울프*Beowulf*』[67]의 용은 무덤에서 죽은

트족의 왕녀 크림힐트에게 구혼하기로 결심한다. 그가 보름스에 도착하자 크림힐트의 오빠인 군터 왕의 신하 하겐이 그를 알아보고, 지크프리트가 보물을 손에 넣은 일이며 여러 가지 영웅적인 활약상을 이야기한다. 지크프리트는 부르군트족을 위해 데인족과 색슨족과의 전투에서도 눈부신 활약을 한다. 전투에서 돌아온 지크프리트는 크림힐트를 만나고 둘 사이에 사랑이 싹튼다. 한편 군터 왕은 뛰어난 힘을 지닌 미모의 여왕 브룬힐트에게 구혼하기로 마음먹고 지크프리트에게 도움을 청한다. 지크프리트는 그의 처남이 될 군터 왕의 신하 행세를 하고 브룬힐트를 속여 일을 성사시킨다. 하지만 우연한 기회에 브룬힐트와 크림힐트 사이에 말다툼이 벌어지고, 브룬힐트는 자신이 속아서 결혼했음을 알게 되고 지크프리트에게 복수를 다짐한다. 이때 브룬힐트 편에 선 하겐이 크림힐트를 꾀어 지크프리트의 몸에서 용의 피가 묻지 않아 상처를 입힐 수 있는 부분을 알아내고 그곳에 치명상을 입혀 지크프리트를 죽인다. 크림힐트는 보름스로 옮겨온 지크프리트의 보물을 사람들에게 모두 나누어주기 시작하는데, 크림힐트의 영향력이 커질 것을 두려워한 하겐이 보물을 라인 강에 빠뜨려버린다.

이 작품은 이후 수차례 변형되고 번안되었는데, 그 중에서도 리하르트 바그너가 작곡한 오페라 연작 〈니벨룽겐의 반지Der Ring des Nibelungen〉(1853~1874)는 게르만의 민족정신을 고취시킨 제의적 역할을 한 대작으로 유명하다.

65 위의 책, 107쪽.

66 이 칼은 지크프리트의 아버지 지크문트Sigmund가 오딘에게서 받았던 칼인데, 부러진 것을 레긴이 다시 붙여 만들어준 것이다.

67 『베오울프』는 고대 영어로 쓰인 최초의 장편 서사시이며 베오울프라는 한 영웅의 일대기를 서술하였다. 작자는 알려져 있지 않고, 현재 영국박물관에 소장되어 있는 필사본은 10세기경에 완성된 것으로 추측된다. 내용은 6세기 초의 사건들이며 원본은 8세기 초에 학문이나 문화적 전통에 해박한 앵글로-색슨 수도사에 의해 문자화되었을 것으로 추정

〈그림 38〉 프리츠 랑Fritz Lang 감독의 영화
〈니벨룽겐의 노래〉(1924년작)에서.
지크프리트가 용 파프니르와 맞닥뜨린 장면.

자의 보물을 지키는 괴물이다. 누군가 용의 보물창고에서 화려한 컵을
훔쳐가자, 격분한 용은 사람들을 공격하며 그들의 집에 불덩이를 떨어
뜨린다. 베오울프는 백성들을 공포에서 구원하기 위해 용과 처절한 싸
움을 벌인다. 용은 그렇게 죽지만, 베오울프 역시 용이 내뿜은 불에 맞
아 최후를 맞는다.

어째서 서양의 용들은 이렇게 한결같이 인간과 적대적 관계로 그려
진 것일까? 그것은 아마도 서양의 신화에서 용이 태초의 암흑이나 혼돈,
지하세계나 심연의 괴물로 묘사된 것과 무관하지 않을 것이다. 북유럽
의 신화가 담긴 서사시『에다Edda』[68]에서 용 니드회그Níðhöggr는 우주나

---

된다. 원래는 제목이 붙어있지 않았지만 1815년에 처음 책으로 인쇄되어 나올 때 주인공
의 이름을 따서『베오울프』라고 부르게 되었다. 베오울프가 실존 인물이라는 증거는 없
지만, 작품 속에 등장하는 몇몇 인물과 장소, 사건들은 역사에 기반한 것이다. 3,182행에
달하는 이 시는 각 행이 2개의 반행으로 이루어져 있다. 이 시는 운율·문체·주제 면에
서 예로부터 내려오는 게르만족의 서사시 전통에 속한다고 할 수 있다.

**68** 고대아이슬란드어로 쓰인 신화 및 영웅서사시『에다』는 800년~1200년 사이에 기록된
것으로 보이는 운문체『고古 에다』와, 이를 토대로 1220년경 아이슬란드의 족장이자 시
인이었던 스노리 스투를루손이 쓴 산문본『신新 에다』로 나뉜다. 따라서 서사시로 된

무 이그드라실Yggdrasill[69]의 뿌리를 갉아 먹는 괴물로 등장한다. 그리스 신화에서 아폴론은 파르나소스 산의 샘 곁에서 사람들과 짐승들을 마구 죽이고 있는 한 마리 용(또는 큰 뱀) 피톤Python을 죽이고 자신의 성역을 만든다.

기독교에서 괴물 용들의 원형은 아마도 「욥기」에 등장하는 '레비아 탄Leviathan'일 것이다. 교만함이 극에 달한 존재인 레비아탄은 이렇게 그려진다.

견고한 비늘은 그의 자랑이라. 서로 봉한 것처럼 이어졌구나. 이것저것이 한데 붙었으니 바람도 그 사이로 들어가지 못하겠고, 서로 이어져 붙었으니 나눌 수도 없구나. 그것이 재채기를 한즉 광채가 발하고 그 눈은 새벽 눈꺼풀이 열림 같으며, 그 입에서는 횃불이 나오고 불똥이 튀어나오며 그 콧구멍에서는 연기가 나오니, 마치 솥이 끓는 것과 갈대의 타는 것 같구나. 그 숨이 능히 숯불을 피우니 불꽃이 그 입에서 나오며 힘이 그 목에 뭉치었

---

『고 에다』가 원본이라고 할 수 있는데, 이것은 다시 「신들의 노래」와 「영웅들의 노래」로 나뉜다. 지구르트 전설은 후반부 영웅들의 노래의 핵심이라고 할 수 있다. 스노리의 산문본 『에다』는 옛날 아이슬란드 궁정시인들의 스칼드 문학과 하타탈의 어려운 운율 규범 등을 젊은 시인들에게 가르치고, 옛날 시에 나오는 신화적 주제들을 그리스도교 시대의 사람들이 이해할 수 있게 하기 위해 쓴 시학 교과서라고 할 수 있다.

**69** 이그드라실은 북유럽 신화에 나오는 세계수世界樹로서 우주를 지탱하는 거대한 물푸레나무이다. 그 가지들은 세계를 뒤덮고, 하늘 위로까지 뻗어 있다. 그 뿌리는 굵은 것이 세 가닥인데 한 가닥은 거인들이 사는 요툰하임으로 뻗어있다. 거기에는 지혜의 샘인 미미르의 샘이 있다. 둘째 가닥은 안개 가득한 니플하임에 닿아 있고 그 부근에는 '울부짖는 큰 솥'이라는 뜻의 흐베르겔미르라고 하는 샘이 있는데 여기에 니드회그라는 용이 살고 있다. 이 용은 이그드라실의 뿌리를 아래서부터 갉아먹고 있다. 마지막 뿌리는 하늘로 뻗어 있다. 그 밑에는 신성한 샘인 우르드르가 있고, 그 곁에 신들의 회의석이 있다. 이그드라실은 '오딘의 말(馬)'이라는 뜻이기도 하다. 오딘이 자신을 물푸레나무에 매달아 룬문자의 비밀을 깨달으며 지혜를 깨친 것에서 연유한다.(아서 코트렐, 도서출판 까치 편집부 역, 『그림으로 보는 세계신화사전』, 까치, 1995, 249~250쪽 참고)

〈그림 39〉〈레비아탄의 파멸〉구스타프 도레, 1865년 작

고 두려움이 그 앞에서 뛰는구나. 그 살의 조각들이 서로 이어져, 그 몸에 견고하게 움직이지 아니하며 그 마음이 돌 같이 단단하니 그 단단함이 맷돌 아래짝 같구나. 그것이 일어나면 용사라도 두려워하고 놀라며 칼로 찔러도 쓸데없고 창이나 살이나 작살도 소용이 없구나. (…중략…) 땅 위에는 그것 같은 것이 없나니 두려움 없게 지음을 받았음이라. 모든 높은 것을 낮게 보고 모든 교만한 것의 왕이 되느니라.

—「욥기」 41장

레비아탄은 무시무시한 수중 괴물이며 하나님에게 도전하는 태초의 용이다.[70] 홉스의 『리바이어던』의 제목이 되기도 한 이 괴물은 홉스가 설파한 절대왕정에 '나쁜 괴물'의 이미지를 덧씌우는 빌미가 되기도 하였다. 태초의 암흑이자 심연의 괴물로서 용의 이미지는 유럽만이 아니라 서아시아의 페르시아 신화나 메소포타미아 신화에서도 발견된다. 페르시아 신화 속에는 맹수나 설치류, 파충류, 거미나 장수말벌 등이 악마처럼 해로운 동물들로 등장하는데 그 중 뱀이나 용(아즈히azhi)은 영웅들의 도전을 받고, 인간과 대립하는 존재들이다. 그 중에서도 사람을 잡아먹는 괴물 아즈히 다하카(현대 페르시아어로 아즈다하azhdaha)는 『아베스타Avesta』[71]에서 이렇게 묘사된다.

---

70 허먼 멜빌의 소설 『모비딕』에서는 거대한 흰고래로 형상화되기도 하였다.
71 『아베스타』는 조로아스터교의 경전으로 우주의 창조, 법과 전례, 그리고 예언자 조로아스터의 가르침 등이 기록되어 있다. 원래 『아베스타』는 훨씬 더 방대한 경전집이었다고 하는데, 알렉산드로스 대왕의 페르시아 정복 때 방대한 양이 소멸되었다. 현존 『아베스타』는 사산 왕조시대(3~7세기)에 남겨진 사본들을 모아 만든 것이다. 「가타스Gāthāis」, 「비스프 라트Visp-rat」, 「벤디다드Vendidad」, 「야슈츠Yashts」, 「쿠르다 아베스타Khūrda Avesta」의 5개 부분으로 구성되어 있다.

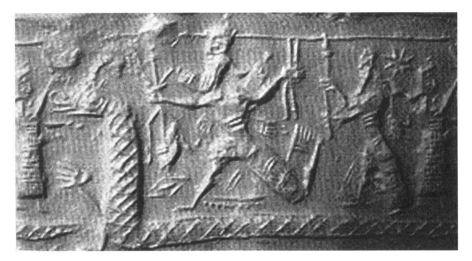

〈그림 40〉 티아마트와 싸우는 마르둑, 앗시리아 기원전 8세기~7세기경 원통형인장

1,000개의 감각 기관과 세 개의 입, 세 개의 머리, 여섯 개의 눈을 가졌으며, 가장 강력하고 악마 같은 드루그로 앙그라 마이뉴Angra Mainyu가 정의로운 세계를 파괴하기 위해서 물질세계에 맞서 창조했던 세상 사람들에게 해로운 악마였다.

— 「야시트」 9.14[72]

더 오래 전으로 거슬러 올라가자면 바빌로니아의 창조 서사시 「에

---

[72] 베스타 S. 커티스, 임 웅 역, 『페르시아 신화』, 범우사, 2003, 51~52쪽에서 재인용. "또 다른 용들로는 말과 사람을 잡아먹는 뿔 달린 황초록 색의 아즈히 스루바라Sruvara, 보우루 카샤 해海를 공포로 몰아넣은 황금빛 뒤꿈치를 가진 간다레바Gandareva, 그리고 완전히 자라고 나서 전차를 끌기 위해서 선과 악의 영혼을 사용할 작정인 어린 스나비드카 Snavidhka가 있다. 또한 거대한 몸집의 사악한 새 카마크Kamak가 있다. 카마크와 그밖의 해로운 전설적 동물들은 인류의 적이었고, 영웅들의 산제물로 희생되었다. 여기에서 조로아스터교의 중심을 차지하는 투쟁, 즉 악에 대한 선의 승리가 확인될 수 있었다." (같은 책, 53쪽)

누마 엘리쉬」[73]에 나오는 바다의 여주女主, 암용 티아마트Tiamat[74]가 있다. 이 신화는 마르둑Marduk[75]이 티아마트를 죽이고 그 시신에서 세상을 창조해 내는 내용이다.

처음 생겨난 신들인 안샤르(수평선), 키샤르(지평선), 그들이 낳은 아누(하늘), 에아(지하수)는 바다를 상징하는 용 티아마트의 뱃속을 휘저어 엉키게 한다. 또 얼마 후 에아에게서 태어난 마르둑은 아누가 만들어준 바람개비로 티아마트를 더 뒤흔들어 놓는다. 티아마트가 시달리자 그 졸개들은 괴기한 뱀들에게 독을 채우고, 사나운 용들에게 무서운 광채를 씌우며 전쟁준비를 한다. 결국 마르둑과의 전쟁이 일어나고, 여기에서 마르둑은 티아마트에게 주문을 걸어 그녀를 죽인다. 마르둑은 그 시체를 갈라 "말린 물고기처럼 둘로 나누어" 우주를 만들고, 에아는 티아마트의 남편 킨구의 피로 사람을 만든다.

> 마르둑은 (…중략…)
> 그녀의 머리를 내려놓고 [……]을 쌓았다.

---

[73] 「에누마 엘리쉬」는 기원전 18세기 초 고대 메소포타미아의 여러 도시국가들을 연합하여 강력한 도시국가 바빌로니아를 만든 함무라비 집안의 업적을 찬양하며, 도시 바빌론의 수호신 마르둑이 고대 메소포타미아의 전통적인 대신大神들의 서열을 뒤집고 최고신으로 올라서는 과정을 이야기한 창조 서사시이다. (조철수, 『수메르 신화』, 서해문집, 2003, 137쪽, 이하 「에누마 엘리쉬」에 관한 설명은 같은 책 137~179쪽 참고)

[74] 짠물의 신, 바다의 여주인으로 일컬어지는 티아마트Tiamat의 이름은 '바다'를 뜻하는 아카드어 tiamtu에서 파생되었다.

[75] 바빌로니아의 신 마르둑Marduk은 '태양의 수송아지'라는 뜻을 가지고 있다. 그는 에아Ea (엔키)의 아들이며, 주술과 주문의 신으로 추정된다. 짠물의 신이자 암용 티아마트와의 우주적 싸움에서 승리하여 바빌로니아 신들의 우두머리가 되었고 이후 엔릴과 동일시되었다. 그는 할아버지인 하늘신 아누Anu가 만들어준 바람개비로 흙먼지를 일으키고 폭풍과 파도를 일게 하여 티아마트를 흔들어 놓았다.

지하 원천源泉을 열고 물이 솟아오르게 했다.

그녀의 눈에서 유프라테스 강과 티그리스 강을 열었다.

그녀의 콧구멍을 닫고 […⋯]

그녀의 젖가슴에서 높은 산을 쌓아 올렸다.

그녀의 꼬리를 꼬아 말아서 큰 매듭을 만들었다.

그의 발밑에 압수를 […⋯]

그녀의 넓적다리로 창공을 받치게 세웠다.

그녀의 반으로 지붕을 만들었고, 땅이 생기게 했다.

(…중략…)

"싸움을 시작한 이는 킨구입니다.

티아마트를 선동하고 전쟁을 일으킨 이입니다."

그들은 그를 묶어 에아 앞에 데려왔다.

그에게 처벌을 내려, 그의 피를 흘렸다.

그의 피로 사람을 만들었다.[76]


피톤을 죽인 아폴론이나, 용을 죽이고 왕이 된 크라크, 파프니르를 죽인 영웅 지크프리트, 티아마트를 죽인 마르둑의 이야기에서 용은 이 새로운 영웅들 이전에 존재하던 권력을 상징한다고 할 수 있다. 그리고 그 권력을 탈취한 자들은 옛 권력을 무시무시한 암흑, 심연과도 같은 혼돈으로 그리며 자신이 새롭게 세운 권력을 '질서'로 그려낸다.

서아시아부터 유럽에 이르기까지 용은 가장 오래된 서사에서부터

---

[76] 조철수,『수메르 신화』, 서해문집, 2003, 173~175쪽. […⋯]는 점토판이 부서져 읽기 어려운 부분이다.

이렇게 영웅과 적대적 구도로 등장했고, 그것은 이후 악의 화신이자 괴물인 용 이미지를 이른 시기부터 설정하게 하였다.

이러한 암흑의 용 이미지는 서양의 상징체계에서 '물'의 이미지와 맞물린다. 서양에서 물은 헤라클레이토스적 시간, 즉 불가역적이고 직선적인 시간에 대한 관념의 은유이다. 그 시간은 종말을 향해 달려간다. 또한 흐르는 물은 자신과 닿는 모든 것을 침식시키고, 휩쓸어간다. "폭풍우와 성난 바다, 밀물과 썰물, 홍수, 거친 해류들은 곧잘 인류의 조상을 죽음으로 몰아넣곤 했으며 이러한 일들은 오늘날도 마찬가지로 계속되고 있다. 또한 물에는 악어, 뱀, 상어를 비롯하여 현실과 상상의 세계를 망라한 여러 무서운 동물들이 살고 있는데, 이러한 이유로 물은 곧잘 사후의 세계와 연관된 장소로, 또 용이나 거인, 사람을 잡아먹는 커다란 물뱀이 살고 있는 어두운 세상으로 여겨져 왔다."[77]

물과 시간, 그리고 그 화신으로서의 용의 이미지에 대해 질베르 뒤랑은 『상상계의 인류학적 구조들』에서 이렇게 설명한다.

> 어두운 물의 최초의 특질은 헤라클레이토스적 성격이다. 어두운 물은 "물의 미래"이다. 흐르는 물은 돌아올 수 없는 여행을 향한 쓰디쓴 초대이다. 사람은 결코 동일한 강에서 두 번 목욕하지 않는 법이고, 강들은 결코 그들의 원천으로 거슬러 흐르지 않는다. (…중략…) 물은 시간의 불행의 공현이고, 결정적인 물시계이다. 이러한 미래는 두려움을 담고 있다. 그것은 두려움 자체에 대한 표현이다. (…중략…) 바로 거기에서 물은 보편적 원형

77 나다니엘 앨트먼, 황수연 역, 『물의 신화』, 해바라기, 2003, 31쪽.

을 구성하는데, 그것은 동물의 형상을 하면서 동시에 물의 성격을 가진 것, 바로 용이다.

　용은 우리가 지금까지 고려해온 이미지의 밤의 체계가 띠는 모든 양상들을 상징적으로 요약하는 것처럼 보인다. 그것은 태고의 괴물이고, 천둥의 동물이며, 물의 분노, 죽음을 씨 뿌리는 자, 분명히 동탕빌이 "공포의 창조물"이라고 이름붙인 것과 같은 것이다. (…중략…) 용은 무엇보다도 "바다 속에 있는 괴물"이고, "재빠르게 도망치는 짐승"이고, "바다에서 올라오는 짐승"이다.[78]

용은 이렇게 동서양 막론하고 근본적으로 태초의 물에서 생겨나거나 물에 거쳐하며, 물을 주재하는 존재였다고 할 수 있다. 물은 생명을 길러주는 물질이자, 생명을 앗아갈 수도 있는 위험이다. 그러나 서양에서 물은 시간의 관념과 결합하며 후자의 이미지가 부각되었고, 그것은 신화 속 물의 화신들에게도 적용되었다고 할 수 있다. 꿈틀거리는 용의 움직임, 거대하고 강하며 탐식성은 물에 대한 공포와 맞물리며 인간의 상상력 속에서 두렵고 혐오스러운 원형으로 그려졌다.

그리고 이들은 사실 무수히 많은 이름으로 불렸고, 서로 상당히 다른 모습을 하고 있었다. "1,000개의 감각 기관과 세 개의 입, 세 개의 머리, 여섯 개의 눈"을 가진 아즈히 다하카를 비롯하여, 박쥐와 같은 날개가 달리고 두 발이 달린 와이번Wyvern, 칭칭 감은 뱀 모양의 린드부름Lindworm, 머리가 셋 달린 즈메이Zmey, 카잔의 날개달린 뱀 질란트Zilant

---

**78** 질베르 뒤랑, 진형준 역, 『상상계의 인류학적 구조들』, 문학동네, 2007, 135～137쪽 참고.

에 이르기까지, 유럽에서 흔히 '드래곤dragon'으로 분류되는 이 신화적 동물들은 이름도 모습도 다 다르다. 그리고 그 차이는 중국의 '룽龍(lóng)', 한국의 '미르', 일본의 '류(용龍, りゅう)'와 비교할 때 더 커진다. 그렇다면 도대체 이 신기한 동물들을 무어라고 부르면 좋을까? 용? 드래곤? 미르? 나가? 레비아탄? 와이번? 혹은 이들을 통칭하는 것이 타당하거나 가능한 일일까?

물론 가능하다. 이미 수 세기에 걸쳐 서양에서는 이들을 '드래곤'으로, 동양에서는 '용'으로 불러왔다. 그리고 어쩌면 그렇게 통칭함으로써 이 수많은 용들의 다양태가 포착될 수 있었을 것이다. 다만 주의해야 할 점이 있다. 이 다양태들 사이에서 하나의 기준을 세우려 하거나 위계를 정하려 하지 말 것, 그리고 하나의 기원을 찾으려 하지 말 것. 지금까지 살펴본 것처럼 용은 수많은 원천을 지닌다. 그리고 인류는 오랜 역사 속에서 활발한 문명의 교류를 통해 서로 비슷비슷한 용의 이미지들을 공유하기도 하고, 서로 다른 이미지를 전달하거나 수용하고, 그것을 해석하고 변형하며, 새로운 이미지를 생성하기도 하였다. 그렇게 '용' 또는 '드래곤'이라 불리는 무수한 이미지의 집체를 형성하였다. 이 생동하는 이미지를 줄 세우려 하거나, 여기에 같은 옷을 입히는 것은 부질없는 일이다. 인간의 상상력은 언제나 그보다 위대했으므로.

# 참고문헌

## 한국자료

『성경전서』 개역한글판, 대한성서공회, 1998.

국립중앙박물관 편저, 『국립중앙박물관 소장 서역미술』, (사)한국박물관회, 2003.

권혁재 · 김상헌 · 김신규 · 이호창 · 최성은, 『동유럽신화』, 한국외대 출판부, 2008.

김선자, 『오래된 지혜』, 어크로스, 2012.

김영종, 『실크로드, 길 위의 역사와 사람들』, 사계절, 2004.

서영대 편, 『용, 그 신화와 문화−세계편』, 민속원, 2002.

우실하, 『동북공정 너머 요하문명론』, 소나무, 2007.

유강하, 『圖像, 문명의 이동을 말하다』, 심포지움, 2010.

이능화, 서영대 역주, 『조선무속고』, 창비, 2008.

이동철, 『한국 용설화의 역사적 전개』, 민속원, 2005.

이수웅 편저, 『돈황문학과 예술』, 건국대 출판부, 1990.

이어령 편, 『十二支神 용』, 생각의나무, 2010.

이은구, 『인도의 신화』, 세창미디어, 2003.

이혜화, 『미르−용에 관한 모든 것』, 북바이북, 2012.

전호태, 『고구려 고분벽화 연구』, 사계절, 2000.

_____, 『고구려 고분벽화의 세계』, 서울대 출판부, 2004.

_____, 『고분벽화로 본 고구려 이야기』, 풀빛, 1999. 3.

_____, 『벽화여, 고구려를 말하라』, 사계절, 2004.

정수일, 『실크로드 문명기행』, 한겨레출판, 2006.

정재서 · 전수용 · 송기정, 『신화적 상상력과 문화』, 이화여대 출판부, 2008.

조철수, 『수메르 신화』, 서해문집, 2003.

권영필, 「고구려 벽화의 복희여와도-집안 4호분(五塊墳) 日像·月像을 중심으로」, 『실크로드 미술』, 열화당, 1997.

김선자, 「圖象解釋學的 관점에서 본 漢代의 畵像石(2)-伏羲와 女媧의 圖象을 중심으로」, 『中國語文學論集』제22호, 中國語文學硏究會, 2003.

_____, 「홍산문화의 황제 영역설에 대한 비판-곰 신화를 중심으로」, 『동북아 곰 신화와 중화주의 신화론 비판』, 동북아역사재단, 2009.

박상수, 「중국 근대 '민족국가nation-state'의 창조와 '변강' 문제」, 안병우 외, 『중국의 변강 인식과 갈등』, 한신대 출판부, 2007.

박상준, 「토테미즘의 재발견-생태학적 토테미즘에 대하여」, 『종교문화비평』 9호, 청년사, 2006.

방원일, 「원시종교 이론에 나타난 인간과 동물의 관계」, 『종교문화비평』 21호, 청년사, 2012.

이유진, 「예수셴의 『곰 토템』, 왜 문제적인가?」, 『중국어문학논집』 77호, 2012.

장정해, 「先秦兩漢의 神話傳說에 나타난 龍의 象徵意味 고찰」, 『中國學硏究』 第9輯, 1994.

_____, 「宋前神話小說中龍的硏究」, 中國文化大學 中國文學硏究所 박사논문, 1992.

_____, 「龍 神話와 風水 論理」, 『中國語文學誌』, 1999.

진태원, 「어떤 상상의 공동체? 민족, 국민 그리고 그 너머」, 『역사비평』 제96호, 역사문제연구소, 2011.

홍윤희, 「1930년대 중국의 인류학과 苗族신화연구에 있어서의 '민족' 표상」, 『中國語文學論集』第44號, 2007.6.

_____, 「聞一多 『伏羲考』의 話行과 抗戰期 신화담론의 민족표상」, 『中國語文學論集』第55號, 2009.4.

_____, 「人首蛇身 交尾像과 실크로드에 대한 再考」, 『중국어문학논집』 78호, 2013.

_____, 「중화민족이 용의 후예가 되기까지」, 『종교문화비평』, 청년사, 2012.


## 중국자료

凌純聲·芮逸夫, 『湘西苗族調查報告』, 民族出版社, 2003.

劉毓慶, 『圖騰神話與中國傳統人生』, 人民出版社, 2002.

楊靜榮・劉志雄,『龍與中國文化』, 人民出版社, 1992.

葉舒憲,『熊圖騰: 中國祖先神話探源』, 上海錦繡文章出版社, 2007.

劉志雄・楊靜榮,『龍與中國文化』人民出版社, 1992.

張道一, 郭廉夫 主編,『古代建築彫刻紋飾 ― 龍鳳麒麟』, 江蘇美術出版社, 2007.

周天游・王子今 主編,『女媧文化研究』, 三秦出版社, 2005.

中國畫像石全集編纂委員會,『中國畫像石全集』(1-7), 濟南, 山東美術出版社, 2000.

＿＿＿＿＿＿＿＿＿＿＿＿＿＿,『中國畫像磚全集』, 成都, 四川美術出版社, 2006.

陳履生,『神話主神研究』, 紫禁城出版社, 1987.

何星亮,『中國圖騰文化』, 中國社會科學出版社, 1992.

何　新,『神龍之謎』, 延邊大學出版社, 1988.

＿＿＿＿,『談龍』, 香港 : 中華書局, 1989.

＿＿＿＿,『龍, 神話與眞相』, 上海人民出版社, 1989.


曲　風,「圖騰－古代神話還是現代神話?」,『河池學院學報』第24卷 第3期, 2004.8.

祁慶福,「養鱷與豢龍」,『文物』, 第2期, 1981.

吉成名,「"九似說"的提出者究竟是誰」,『文史雜誌』第3期, 2002.

段文傑,「中西藝術的交滙點－莫高窟第二八五窟」,『美術之友』, 1998.1.

段寶林,「"龍的傳人"之說無庸置疑」,『中國文化研究』, 春之卷, 2002.

劉　偉,「略論中國古代神話中的"人首蛇身"形象」,『嘉應學院學報(哲學社會科學)』第 22卷 第5期, 2004.10.

劉宗迪,「圖騰・族群和神話－涂爾干圖騰理論述評」,『民族文學研究』, 中國社會科學 院民族文學研究所, 2006.

馬　莉・史忠平,「文化交流視野下的莫高窟285窟窟頂藝術」,『邢台學院學報』第26卷 第3期, 2011.9.

武　文,「龍神・龍人・龍文化」,『西北師大學報(社會科學版)』第35卷 第1期, 1998.

＿＿＿＿,「洪水神話與龍圖騰民族文化」,『西北師大學報(社會科學版)』第4期, 1990.

裵建平,「"人首蛇身"伏羲・女媧絹畫略說」,『文博』, 1991.

范立舟,「伏羲・女媧神話與中國古代蛇崇拜」,『煙臺大學學報』第15卷 第4期, 2002.10.

常金倉,「古史研究中的泛圖騰論」,『陝西師範大學學報』第28卷 第3期, 1999.

徐新建,「當代中國的民族身份表述－"龍傳人"和"狼圖騰"的兩種認同類型」,『民族文化 研究』, 2006.

蕭　兵,「伏羲女媧蛇身交尾圖像的新解讀」, 周天游·王子今 主編,『女媧文化研究』, 三秦出版社, 2005.

施愛東,「龍與圖騰的耦合－學術救亡的知識生産」,『傳說中國』, 2011.

楊利慧,「女媧信仰起源于西北渭水流域的推測－從女媧人首蛇身像談起」,『北京師範大學學報』第6期, 1996.

閆德亮,「炎黃子孫與龍的傳人神話談」,『尋根』第4期, 2008.

閻世斌,「從龍文化看民族精神」,『學術交流』, 總第143期 第2期, 2006.

葉舒憲,「狼圖騰, 還是熊圖騰?－關於中華祖先圖騰的辨析與反思」,『長江大學學報』, 第29卷 第4期, 2006.

吳顔嫒,「龍圖騰與中國傳統審美意識」,『民間文化』第11〜12期, 2000.

王乾榮,「龍何時成了中國人的"圖騰"」,『人民公安』第4期, 2007.

王從仁,「龍崇拜淵源論析」,『中國文化源』, 百家出版社, 1991.

袁第銳,「"龍的傳人"說質疑」,『社科縱橫』第2期, 1995.

濡　川·鄭漆明,「龍的文明 ― 龍的傳人」,『文物春秋』第5期, 2000.

張志堯,「人首蛇身的伏羲·女媧與蛇圖騰崇拜－兼論『山海經』中人首蛇身之神的由來」,『西北民族研究』2期, 1990.

張懷濤,「對中國傳統文化的現代審視－從『龍的傳人與龍的精神』說開去」,『河南圖書館學刊』第25卷 第2期, 2005.

程健君,「南陽漢畵中的'伏羲女媧圖'考」,『南陽師專'南都學壇'』第2期, 1988.

秦文兮,「聞一多先生對炎黃文化的貢獻」,『湘潭師範學院學報』第4期, 1996.

賀世哲,「莫高窟第285窟窟頂天象圖考論」,『敦煌研究』第2期 總第11期, 1987.

韓　鼎,「女媧"人首蛇身"形相的結構分析」,『廣西民族研究』第1期, 2010.

許順湛,「論龍的傳人」,『中原文物』第4期, 1994.

侯　杰,「龍與中國民俗」,『慕山學報』第13輯, 2001.

## 기타

신립상信立祥, 김용성 역,『한대 화상석의 세계(漢代畵像石綜合硏究)』, 학연문화사, 2005.

원이둬聞一多, 홍윤희 역,『복희고伏羲考』, 소명출판, 2013.

유의경劉義慶, 김장환 역,『세설신어世說新語』, 살림, 1996.

이　방李昉, 김장환 외역,『태평광기太平廣記』, 17권, 학고방, 2004.

장　룽姜戎, 송하진 역,『늑대토템狼圖騰』1~2권, 김영사, 2008.

하　신何新, 홍　희 역,『신의 기원(諸神的起源)』, 동문선, 1990.

나가사와 카즈토시長澤和俊, 민병훈 역,『돈황의 역사와 문화(敦煌-歷史と文化)』, 사계절, 2010.


그림 형제Jacob Grimm · Wilhelm Grimm, 안인희 역,『그림 전설집』, 웅진지식하우스, 2006.

나다니엘 앨트먼Nathaniel Altman, 황수연 역,『물의 신화*Sacred Water*』, 해바라기, 2003.

레비-스트로스Claude Lévi-Strauss, 안정남 역,『야생의 사고*La Pansée Sauvage*』, 한길사, 1996.

마르셀 그리올Marcel Griaule, 변지현 역,『물의 신*Dieu d'eau : Entretiens avec Ogotemmêli*』, 영림카디널, 2000.

베스타 S. 커티스Vesta S. Curtis, 임 웅 역,『페르시아 신화*Persian Myths*』, 범우사, 2003.

보라기네의 야코부스Jacobus de Voragine, 윤기향 역,『황금전설*The Golden Legend*』, 크리스찬다이제스트, 2007.

스티븐 P. 아펜젤러 하일러Stephen P. Appenzeller Huyler, 김홍옥 역,『인도, 신과의 만남*Meeting God : Elements of Hindu Devotion*』, 다빈치, 2002.

아서 코트렐Arthur Cotterell, 도서출판 까치 편집부 역,『그림으로 보는 세계신화사전*A Dictionary of World Mythology*』, 까치, 1995.

앨런 바너드Alan Barnard, 김우영 역,『인류학의 역사와 이론*History and Theory in Anthropology*』, 한길사, 2003.

에밀 뒤르켐Emile Durkheim, 노치준 · 민혜숙 역,『종교 생활의 원초적 형태*Les Formes Élémentaires de la Vie Religieuse*』, 민영사, 1990.

엘리스 데이비슨H. R. Ellis Davidson, 심재훈 역,『스칸디나비아 신화*Scandinavia Mythology*』, 범우사, 2004.

윌리암스C. A. S. Williams, 이용찬 외역,『중국문화 중국정신*Outlines of Chinese Symbolism & Art Motives*』, 대원사, 1989.

작자 미상, 이동일 역,『베오울프*Beowulf*』, 문학과지성사, 1993.

작자 미상, 임한순 · 최윤영 · 김길웅 역,『에다*Edda*』, 서울대 출판부, 2004.

질베르 뒤랑Gilbert Durand,『상상계의 인류학적 구조들*Les Structure Anthropologiques de l'Imaginaire*』, 문학동네, 2007.

폴 캐러스Paul Carus, 이경덕 역,『만들어진 악마*The History of the Devil and the Idea of Evil*』, 소이

연, 2011.

피에르 그리말Pierre Grimal, 최애리 외역, 『그리스 로마 신화사전Dictionnaire de la Mythologie Grecque et Romaine』, 열린책들, 2003.

지그문트 프로이트Sigmund Freud, 이윤기 역, 「토템과 타부Totem und Tabu」, 『종교의 기원』, 열린책들, 1997.


Chang, Maria Hsia, Return of the Dragon : China's Wounded Nationalism, Westview Press, 2001.

Ingersoll, Ernest, Dragons and Dragon Lore, New York : Dover Publications, 2005.

Loewe, Divination Michael, Mythology and Monarchy in Han China, Cambridge University Press. 1994.

Thompson, Stith, The Folktale, New York : the Dryden Press, 1951.

Wasserstrom, Jeffrey N., China in the 21st Century : What Everyone Needs to Know, Oxford University Press, 2010.

Whitfield, Susan, with Sims-Williams, Ursula.(eds), The Silk Road : Trade, Travel, War and Faith, Serindia, 2004.


Davies, Hugh, "China Today, The Waking Dragon," Asian Affairs, vol.XXXIX, no. 1, 2008.

Ferdinand, Peter, "Ethnosymbolism in China and Taiwan", ed. by Athena S. Leoussi and Steven Grosby, Nationalism and Ethnosymbolism : History, Culture and Ethnicity in the Formation of Nations, Edinburgh University Press. 2007.

Wasserstrom, Jeffrey N., "Backbeat in China", The Nation. 2002.7.1.